로크미디어가
유혹하는
재미있는 세상

ROK
MEDIA
로크미디어

이것이 삶이다

이것이 법이다 160

2023년 5월 10일 초판 1쇄 인쇄
2023년 5월 15일 초판 1쇄 발행

지은이 자카예프
발행인 강준규

기획 이기헌 왕소현 박경무 강민구 조익현
책임편집 최전경
마케팅지원 이원선

발행처 (주)로크미디어
출판등록 2003년 3월 24일
주소 서울시 마포구 마포대로 45 일진빌딩 6층
Tel (02)3273-5135 **Fax** (02)3273-5134
홈페이지 rokmedia.com **E-mail** rokmedia@empas.com

ⓒ 자카예프, 2015

값 9,000원

ISBN 979-11-408-0294-4 (160권)
ISBN 979-11-255-9575-5 04810 (세트)

이것이 법이다

160

자카예프 장편소설

ROK
MEDIA
로크미디어

CONTENTS

뭘 해도 악마의 대가리 속   7

혐오는 혐오를 부른다   37

세 치 혀라는 칼날   73

죽은 자는 말이 없다지?   111

내부의 폭탄   145

부자들만을 위한 복마전   191

살려만 드릴게   229

폐기될 것인가 폐기할 것인가   269

뭘 해도 악마의 대가리 속

　마이스터는 바로 공매도를 시작했다. 그리고 헌법위반으로 칼 루이먼과 유튭에 정식으로 고소를 넣었다.

　당연히 미국은 난리가 났다.

　사실 미국은 평균적으로 학력이 낮은 나라 중 하나다. 그래서 대부분의 사람들이 현 상황에 대한 문제의식이 그리 강하지 않다.

　그렇다 보니 유튭에서 대놓고 헌법을 위반하는 행동을 할 수 있었던 것이다.

　-그동안 유튭을 컨트롤할 수 없었던 건 미 정부가 제3자였기 때문입니다.

　동시에 유튭은 미 정부에 막대한 로비를 하는 기업 중 하나였다.

그랬기에 사회적으로 이슈가 되면 잠깐 청문회 같은 걸 열어도 어떻게 손대지는 못했던 것이다.

실제로 수정 헌법 1조는 아주 강력한 힘을 가지고 있고 수많은 변호사들도 그걸 방패 삼아서, 아무리 미국이라고 해도 유튭 같은 온라인 기업의 입에 재갈을 물리는 것은 불가능하다고 했으니까.

"웃기네요, 그게 자기네를 공격하고 있으니."

─아무래도 그럴 수밖에 없을 겁니다. 그걸 공격하는 데에 드는 비용이 장난이 아니니까요.

법과 국가가 모든 것을 지켜 주지는 않는다. 그럴 수 있는 구조도 아니다.

이런 증오의 연쇄와 같은 경우는 형법이 아닌 민법의 문제.

누군가 민사적인 소송을 해야 하는데, 다른 곳도 아닌 유튭 정도 되는 규모의 기업을 대상으로 소송할 수 있을까?

─더군다나 유튭과 소송하기 위해서는 반드시 거쳐야 하는 심각한 문제가 있죠.

"피해를 입어야 한다는 거군요."

─맞습니다. 그래서 다들 쉽사리 손대지 못하는 거죠.

피해가 있어야 보상이 있다. 이건 법의 근간이다.

그런데 이 유튭의 알고리즘으로 인한 피해를 어떻게 증명할 것인가?

내가 증오 콘텐츠를 보기 싫다? 그러면 간단하게 '추천하지 않음'을 누르면 해결된다.

누군가 그걸 보는 게 싫다? 그러면 신고하면 그만이다.

누군가 증오 콘텐츠를 보고 거기에 정신적으로 동조되는 바람에 어디를 습격해서 살인을 저지른다?

그건 그놈이 미친놈이지 유튭의 잘못은 아니다.

즉, 법적으로 유튭에 책임을 물을 만한 마땅한 방법이 없다는 거다.

유튭이 십수 년간 증오를 퍼트린 걸 알면서도 사회단체들과 정부에서 손대지 못한 데에는 그런 이유가 있었던 것.

─하지만 이제 상황은 달라졌죠.

"우리가 나서서 소송을 걸었으니까요?"

─네.

드림 로펌은 미국에서도 가장 강력한 로펌이다. 어설픈 정치질에 넘어갈 만한 곳도 아니다.

─더군다나 이제는 피해자가 있으니까요.

"영상이 삭제되거나 노딱이 붙어서 수익 창출이 차단된 사람들 말씀이군요."

─맞습니다.

그들이 스스로 피해자라고 생각하지 못했거나, 설사 피해자라고 인식한다고 해도 대응할 수 없을 정도로 체급 차이가 크기 때문에 시키는 대로 전전긍긍하면서 영상을 내려야 했다.

어차피 소송해 봐야 이기기도 힘들고 미국의 변호사비는 비싸서, 가장 잘나가는 개인 방송인이라고 할지라도 한계가 명확하기 때문이다.

그랬기에 대부분의 개인 방송인은 어쩔 수 없이 소송을 포기하고 참아야 했다.

"하지만 이제는 아니라 이거네요."

다른 곳도 아닌 드림 로펌에서 소송을 시작했다.

그것도 어설픈 죄목이 아니라 수정 헌법 제1조라는 강력한 사항을 문제 삼아 말이다.

"우리 쪽에서는 일단 피해자들을 모아 징벌적 손해배상을 청구하는 게 좋겠네요."

─그게 좋을 겁니다. 이건 명백한 고의니까요.

코넬09바이러스라는 이름만 나와도 노딱이 붙고, 중국에 대한 부정적인 이야기가 나오면 바로 영상이 내려가는 걸 좋게 설명할 방법은 없다.

심지어 제대로 된 이유도 없이 채널이 폐쇄당하는 경우도 있었다.

그걸 당한 사람이 어디 한두 명이겠는가?

─다만 가능하다면 이걸 표결로 밀어붙이는 편이 좋습니다.

"표결요?"

─네. 우리가 가진 주식이라면 충분히 가능하지요?

"네."

-그러면 주주총회 표결을 밀어붙이세요.

주주총회의 안건은 주주의 5%가 동의해야 올릴 수 있다.

그리고 마이스터에서 가지고 있는 주식은 5%를 훌쩍 넘는다.

-그리고 이건 가능하면 국민들에게 널리 알리시는 걸 추천드립니다.

"국민들에게 말입니까? 뭐, 언론에서 알아서 달라붙을 만한 사건이기는 합니다만, 굳이요?"

-그 이유는 아마 주주총회가 시작되면 알게 되실 겁니다, 후후후.

노형진은 웃으면서 비밀로 했다.

그런 그를 보면서 하이드 맥퀸은 고개를 갸웃했지만 거부하지는 않았다.

노형진의 계획은 언제나 성공했으니까.

"바로 시작하겠습니다."

⚖

코델09바이러스 시국이라고 해서 주주총회가 절대 열리지 않는 것은 아니었다.

아무리 미국에서 집합 금지를 건다고 해도 주주총회에는 워낙 큰돈이 걸려 있기 때문에 아예 안 할 수는 없었다.

다만 현 상황에서 모이는 게 부담스러운 건 사실이기에 주주총회를 요구하는 건 특수한 경우에만 가능했다.

그런 상황에서 한창 성장하고 있는 유튭의 주주총회 발표는 사람들의 호기심을 자극하기에 충분했다.

"유튭의 주주총회?"

"응, 이번에 공시가 올라왔어."

"흠, 이 시국에 임시 주총을 한다고?"

"정기 주주총회도 안 하는 게 정상이기는 하지."

미국을 대표하는 신문인 에브리 타임즈의 살먼 기자는 그 말에 눈을 반짝였다.

"주제가 뭔지 알아?"

"맨입으로는 안 된다."

유튭의 주식을 가지고 있는 살먼의 친구는 싱글벙글 웃으면서 말을 이어 갔다.

"오호, 이 자식 봐라?"

임시 주총이라고 해도 표결을 위해서는 당연히 주주들에게 통지를 해야 한다.

친구가 가진 주식이 많은 건 아니지만 그래도 주주총회인 만큼 통지를 받았을 텐데 이렇게 강짜를 부릴 이유가 없었다.

"아직 뉴스 안 터졌다. 이거 나가면 단독이야."

"술 한잔 살게."

"좀 약한데."

"새꺄, 요즘 코넬09바이러스 때문에 다 뒈지겠거든? 그리고 집합 금지라 술집에 못 가는 거 몰라?"

"쳇, 알았다. 나중에 풀리면 사라."

"대체 뭐길래 그래?"

"주총 주제가 뭐냐면, 칼 루이먼 해임 건이야."

"칼 루이먼 해임 건?"

그 말에 살먼은 깜짝 놀랐다.

칼 루이먼 대표는 한창 유툽을 잘 성장시키고 있는 사람이다. 올해 어마어마한 흑자를 예상하고 있는데 이런 시기에 웬 해임안?

어지간해서는 칼 루이먼을 자를 이유가 없다.

물론 현재 유튜브의 성장세가 코넬09바이러스로 인한 반사이익 덕분이라지만, 그 기회조차도 잡지 못하고 망하는 놈들이 넘쳐 나는 게 이 바닥이니까.

"아니, 왜? 그 사람이 뭔 짓을 했어?"

칼 루이먼이 해임될 정도라면 진짜 큰 문제여야 하는데, 그가 아는 한 그런 문제는 없었다.

"놀라지 마. 다른 것도 아닌 수정 헌법 제1조 위반이다."

"수정 헌법 제1조?"

"그래. 너도 대충 알 텐데, 요즘 유툽에서 코넬 바이러스에 대해 언급하면 어떻게 되는지?"

"아!"

유툽에서 코넬09바이러스에 대한 이야기는 금기시되고 있다. 대부분의 경우 수익 차단 또는 영상 차단 조치가 이루어지기 때문이다.

"드림 로펌은 이게 명백한 수정 헌법 위반이라고 주장하고 있어."

"어, 그럴 수도 있겠다."

수정 헌법 1조는 개인의 의견의 자유를 철저하게 보장하고 있다.

그런데 그걸 차단하는 행위를 기업에서 하고 있다?

"특히 알고리즘이 컨트롤해서 그런 영상을 아예 못 보게 하고 있다는 게 문제지."

"그런 느낌이 들기는 해."

세상이 온통 코넬09바이러스로 고통받고 비명을 지르는 일로 가득한데 유독 유튭에서는 그런 이야기 없이 그냥 하하 호호 하는, 현실을 도외시한 영상만 올라오고 있다.

진짜로 코넬09바이러스를 보기 위해서는 직접 검색해야 하는데, 그마저도 대부분 정확한 정보는 올라오지 않는다.

"내가 마지막으로 본 코넬09바이러스와 관련된 유튭 영상이 뭔지 알아?"

"뭔데?"

"코넬09바이러스는 미국에서 만들어서 중국에 뿌린 바이러스라고 어떤 미친놈이 주장하는 거였어. 그건 수익 창출도 막히지 않았고 영상도 내려가지 않았지."

친구는 그렇게 말하며 그 영상을 찾아서 보여 줬다.

확실히 시기로 보면 코넬09바이러스가 터진 초창기 영상인데 여전히 올라와 있었다.

영상 속에서는 미국인으로 보이는 남자가 이 모든 게 미국의 음모라면서, 미국이 전 세계에 배상해야 한다고 주장하고 있었다.

"그래서 칼 루이먼이 그런 행동을 하는 이유가 중국의 영향을 받았기 때문이라고 드림 로펌은 주장하고 있지."

"정말로 중국의 영향력 때문에 유튭에서 수정 헌법 1조를 위반하고 있는 거라면……."

이건 대박이었다. 그것도 엄청난 초대박.

살먼은 엉덩이가 들썩거렸다.

친구와는 오랜만에 만났지만 이건 기사화에 한시라도 늦으면 안 되는 거였다.

"가라."

"뭐?"

"이미 주총 내용을 스캔해서 네 메일로 보내 놨으니까 어서 가서 기사 쓰라고."

"땡큐! 내가 잘 풀리면 진짜 거하게 쏠게!"

살먼은 다급하게 자신의 집으로 내달렸다.

누구보다 이 소식을 빨리 전해야 했다.

⚖️

유튭 CEO 칼 루이먼 해임 건의안 제출

최근 마이스터에서 드림 로펌을 통해 칼 루이먼 대표에 대한 해임 건의안을 제출한 것으로 드러났다. 마이스터는 칼 루이먼이 중국의 사주를 받고 미국의 수정 헌법 1조를 위반하였다고 주장하고 있으며…….

하루 종일 집에만 있어야 하는 국민들에게 이 뉴스는 빠르게 퍼질 수밖에 없었다.

하필이면 다른 곳도 아닌 중국이다.

중국은 코델09바이러스가 시작된 나라이자 최근에 이미지가 아주 안 좋아진 나라였다.

더군다나 사람들은 잘 모르지만, 사실 기존의 언론은 유튭에 관해 그리 좋은 감정을 가지고 있지 않았다.

사람들이 유튭을 보는 시간이 늘어나면서 기존에 보던 뉴스의 시청 시간을 줄였기 때문이다.

모 게임 회사가 '우리의 경쟁사는 다른 게임사가 아니라 스포츠용품 회사다.'라고 말한 것처럼, 업종이 달라도 한정된 시간을 두고 싸워야 하는 입장에서 기존 언론은 아무래도 유튭에 밀릴 수밖에 없었다.

그런 와중에 이런 절호의 기회가 왔으니 언론사에서 가만히 있을 리 없었다.

그리고 그에 맞춰서 수많은 사람들이 자기 증언이 담긴 영상을 올리기 시작했다.

사실 개인 방송인들 중 상당수는 이슈에 기대어 조회 수를 올린다.

그런 사람들이 과연 코넬09바이러스가 퍼질 때 그와 관련된 이야기를 하지 않았을까?

—저도 그 병에 대해 올린 적이 있는데 유튭에서 그 병과 관련된 이야기라고 삭제했습니다. 아, 제가 왜 그 병이라고 하냐고요? 이름을 말하면 제재가 들어와서요. 네, 맞습니다. 그 병입니다. 아니, 무슨 해드리드 포터 이야기도 아니고 그 병이라니 우습네요. 하여간 그 병 이야기는 금기입니다. 혹시 제가 얼토당토 않은 헛소리를 한 건 아니냐고요? 아니요. 저는 방역 찬성론자입니다. 얼마 전에 백신 나왔죠? 그래서 저는 이미 백신을 맞았습니다. 제가 올린 영상은 그 병이 어떤 나라에서 시작되었다는 것과 사망자 숫자 등에 대한 건데, 공식 발표를 기준으로 정리했거든요. 그런데 삭제당했습니다. 네. 삭제요. 그 병을 언급했다는 이유 때문입니다. 짜잔. 여기서 문제. 그 병이 뭘까요?

"돌겠네, 진짜."

영상을 보고 있던 앤디 사이먼은 의자에 기대면서 말했다.

"이거 어쩌냐?"

"뭘 어째?"

"이게 어딜 봐서 차단해야 하는 영상인데?"

"아니, 그럼 그냥 둘 거야?"

앤디 사이먼에게 말하는 동료 역시 짜증이 난 얼굴이었다.

"위에서 삭제하라잖아."

"젠장, 이게 말이 돼?"

원래 이런 건 사람이 아닌 알고리즘이 자동으로 하도록 되어 있다.

유튭에 매초 수천 기가가 넘게 올라오는 영상을 사람이 다 보고 삭제할 수는 없으니까.

그러다 보니 이 사람처럼 '그 병'이나 '그 나라' 등, 알고리즘이 인식하지 못하는 방식으로 까는 개인 방송인들이 나타났고, 이런 사람들을 직접 찾아서 제재하라고 윗선에서 지시가 내려온 것이었다.

"이건 아니지. 이거 진짜로 위법 아니야? 그렇잖아도 수정 헌법 1조 위반이라며?"

"그렇기는 한데……."

심지어 이 영상은 코렐09바이러스나 중국을 언급한 게 아니라 그런 영상만 지우는 유튭을 까는 영상이다.

"유튭에 관련된 영상을 내리라는 말은 없었잖아?"

"위에서 하라면 해야지."

"미치겠네, 진짜."

확실히 곤란한 상황이기는 하다.

그렇다고 그냥 두자니 분위기가 심상치 않다.

"도대체 뭔 생각을 하는 거야?"

앤디 사이먼은 자신도 모르게 천장을 바라보며 중얼거렸다.

⚖

그리고 그 시각, 칼 루이먼은 거의 패닉에 빠져 있었다.

"빌어먹을! 그게 사실이야?"

"네. 현재 상황에서는 지금 자리를 지키기 힘들 것 같습니다."

그의 전담 변호사는 심각한 얼굴로 말했다.

"이것저것 증거가 너무 명확합니다."

피해자가 한둘이라면 모를까, 피해자의 숫자가 적지 않다.

미국뿐만 아니라 전 세계에서도 공통된 현상이 벌어졌기 때문이다.

"알았으니까 나가 봐."

"대표님, 이 상태로는……."

"알았으니까 나가 보라고!"

소리를 버럭 지른 칼 루이먼은 변호사가 나가자 눈을 찡그렸다.

"이런 씨팔!"

물론 이런 알고리즘을 짜도록 한 건 자신이다. 그의 입장에서는 당연한 거였다.

유튭의 대주주가 중국인 데다가, 중국에서 나오는 수익을 무시할 수가 없기 때문이다.

당장 중국에서는 유튭의 시청이 법적으로 막혀 있지만 다들 VPN을 이용해서 보는 상황이다.

당연히 그로 인한 수익을 무시할 수는 없는 노릇.

"이대로는……."

만일 이대로 물러난다면 그의 인생은 끝장난다고 봐야 한다.

물론 감옥에 가거나 하지는 않겠지만, 다시는 누구도 자신을 쓰려고 하지 않을 테니까.

"이럴 수는 없어."

그는 이를 박박 갈더니 어쩔 수 없다는 듯 전화기를 들었다.

"나 칼 루이먼입니다. 도움이 필요합니다."

이 사람에게 도움을 요청하면 그만큼을 대가로 내놔야 한다. 하지만 지금은 뭐라도 해야 하는 상황.

그렇기에 칼 루이먼은 악마와 거래하기로 했다.

하지만 그는 몰랐다.

그가 누군가에게 도움을 요청할 거라는 사실을 노형진이 이미 예상하고 있다는 것을.

⚖️

앤디 사이먼은 피곤한 얼굴로 집에 가고 있었다.

"죽겠네, 진짜."

수많은 영상 중에서 의심스러운 영상을 찾아내서 삭제하는 작업은 절대로 쉽지 않다.

더군다나 하루에 올라오는 양은 절대로 적지 않은데 그걸 일일이 감시하라고 하니 더더욱 미칠 것 같았다.

"미친 새끼들."

사실 앤디 사이먼이 봐도 현재 유튭의 정책은 지극히 비정상적이었다.

물론 규정에 따라 영상을 삭제하는 게 나쁜 건 아니다.

이 와중에 백신을 맞으면 다 죽는다는 헛소리를 하는 놈들도 있고, 백신을 맞으면 미다스가 자신의 몸을 빼앗아서 통제한다는 놈도 있다.

그런 거야 말도 안 되는 헛소리니까 이해한다지만, 전 세계를 뒤집고 있는 바이러스에 대해 언급하는 것만으로 영상을 삭제하라는 건 그로서는 이해가 가지 않는 지시였다.

"백신을 맞으면 미다스가 날 통제한다라……. 제발 그럴 수 있으면 좋겠네. 그러면 살맛 날 텐데."

매일같이 영상만 볼 필요 없이 가만있어도 돈이 마구 쏟아지지 않을까 하는 생각을 하던 앤디 사이먼은 자신도 모르게 피식 웃었다.

"뭔 말도 안 되는 생각을."

그 순간 뒤에서 낯선 목소리가 들려왔다.

"뭐, 돈은 드릴 수 있습니다."

그 말에 앤디 사이먼은 기겁하면서 몸을 돌렸다.

그렇잖아도 코델09바이러스 이후로 길거리에는 인적도 없고 분위기는 흉흉했다. 그런데 갑자기 뒤에서 사람이 나타나다니.

"뭡니까?"

돌아보니 웬 양복을 입은 남자들이 서 있었다.

"드림 로펌에서 나왔습니다."

"드림 로펌?"

"네."

그 말에 앤디 사이먼은 눈을 찡그렸다. 대번에 목적을 알아차렸기 때문이다.

"어, 저는 골치 아픈 일에는 끼고 싶지 않은데요."

"충분한 보상을 하지요."

"아니, 귀찮은데……."

척 봐도 알 수 있다. 자신에게 증언해 달라는 거다.

알고리즘을 관리하는 게 그가 소속된 부서의 업무니까.

사실 영상을 삭제하는 건 그의 부서의 책임도 아니다.

다만 일이 넘치면서 그의 부서에 업무가 떠넘겨진 것뿐이었다.

"미안하지만 다른 사람을 찾아보세요."

손을 흔들면서 빠져나가려고 하는 앤디.

하지만 들려오는 말에 발걸음을 멈출 수밖에 없었다.

"지금 상황에서 직장을 잃어버리면 곤란할 텐데요?"

그 말에 앤디는 침을 꿀꺽 삼켰다.

농담이 아니다. 지금 코델09바이러스 때문에 전 세계는 극단적인 경기 침체를 겪고 있다.

그는 운이 좋아 유툽에서 일하고 있지만, 그러지 못했다면 당연히 집에서 놀아야 한다.

주변에서 해직된 사람들이 비명을 지르는 걸 봐 온 그로서는 그 말을 무시할 수가 없었다.

"무슨…… 말입니까? 협박입니까?"

"협박이 아닙니다. 현실을 말씀드리는 거지."

"뭐요?"

"저희가 당신을 자른다는 뜻이 아닙니다. 하지만 현실적으로 이 소송이 시작되면 앤디 사이먼 씨를 비롯한 다수의 사람들이 해직당할 수밖에 없죠. 설마 수정 헌법 1조를 위반한 직원들을 칼 루이먼이 가만두겠습니까?"

"……."

"누군가는 책임을 져야 합니다. 그리고 대부분의 경우 그건 실무자들이죠."

드림 로펌에서 나온 사람들은 아주 담담하게 말했다.

하지만 그랬기에 더더욱 무시무시한 위협으로 다가왔다.

"칼 루이먼은 자신은 알고리즘에 대해 아는 바 없다고, 그 알고리즘을 구성하는 업무에는 실무자들이 관여했다고 이야기하겠지요. 그리고 그 실무자는 앤디 사이먼 씨와 팀원들이고요."

그 말에 앤디 사이먼은 침을 꿀꺽 삼켰다.

그제야 자신이 어떤 상황에 처했는지 알아차린 것이다.

"이런 씨팔."

이번 싸움에서 누가 이기든 자신은 무조건 해직 대상이라는 것.

드림 로펌이 이겨도 그런 알고리즘을 짠 책임을 지고 모가지가 날아갈 테고, 반대로 칼 루이먼이 이겨도 이슈가 된 이상 그 책임을 실무자들에게 떠넘기고 자를 게 뻔하다.

"아시겠지만 말입니다, 이런 범죄를 저지른 사람을 쓸 만큼 세상은 호락호락하지 않습니다."

"범죄라니요! 범죄라니요!"

"아니라고 생각하십니까? 다른 것도 아닌 미국인들의 입에 재갈을 물리는 행동인데."

그 말에 앤디 사이먼은 서늘한 밤인데도 불구하고 식은땀이 주르르륵 흘렀다.

확실히 그렇다.

그렇잖아도 최근 반중국 정서가 심하다.

더군다나 미국에서 몇 번이나 중국의 스파이 집단들이 발각되었다.

심지어 몇 해 전에는 중국에서 미국의 항공모함 설계도를 빼돌렸다가 걸려서 나라가 발칵 뒤집어졌었다.

그런데 그런 상황에서 중국을 물고 빠는 알고리즘을 짠 것이다.

"그리고 말입니다, 마이스터쯤 되면 취업을 막는 건 일도 아니지요."

"이런 씨팔."

아까는 경고였고 이번은 명백한 협박이었다.

하지만 부정할 수가 없었다.

실제로 마이스터에서 그의 신분을 특정해서 중국의 명령을 받는 스파이로 의심된다는 말 한마디만 하면 그는 어디에도 가지 못한다.

아무리 본인에게 타의 추종을 불허하는 실력이 있다 해도, 내부에 무슨 프로그램을 깔아서 내부 정보를 빼 갈지 모르는 판국인데 과연 실력만 믿고 그를 써 줄까?

"원하는 게 뭡니까!"

"진실을 원합니다."

"진실요?"

"네."

"그걸 내가 말할 거라 기대하는 겁니까?"

"당신이 아니라고 해도 다른 누군가는 말하겠지요."

그 말에 앤디 사이먼은 아차 했다.

그러고 보니 이 독한 놈들이 자신에게만 사람을 보냈을 리가 없다.

비밀 소송도 아니고, 칼 루이먼을 불러서 경고까지 한 놈들이다. 그런 놈들이 과연 여러 사람들을 만나서 설득 또는 협박을 하지 않을까?

'알아서 살아남아야 한다 이건가?'

문제는 틀린 말이 아니라는 거다.

동료 중에는 가족이 아픈 사람도 있고 돈이 많이 필요한 사람도 있다.

옆 사무실의 존슨은 어머니가 코넬09바이러스로 병원에 입원했는데 병원비가 30만 달러(약 3억 9천만 원)나 나왔다고 했다.

그나마 보험이 있어서 어찌어찌 처리되었다지만, 모가지가 날아가서 보험도 없는 상황에서 코넬09바이러스에 걸린다면?

'죽는다.'

그냥 집에서 고통 없이 끝나기를 기도하면서 서서히 죽어

이것이 법이다

가는 것 말고는 답이 없다.

게다가 죽는다 해도 자신만 죽는 게 아니다. 아내, 아들 그리고 어머니까지 죽을 가능성이 높다.

"사람이 없는 곳으로 갑시다."

이 시기에는 다른 건 다 필요 없다. 오로지 보험 하나 있는 것만으로도 다행인 상황.

그걸 지킬 수 있다면, 배신도 문제 될 게 아니었다.

'아니지. 애초에 배신하는 것도 아니잖아?'

먼저 배신한 건 그가 아니다. 칼 루이먼이지.

"조용한 곳에서 이야기해 봅시다."

그는 그렇게 말했고, 드림 로펌의 변호사는 고개를 끄덕거렸다.

주주총회가 시작되자 미국의 관심은 모조리 거기로 쏠렸다.

매일같이 사건 사고가 터지는 미국이라지만 유튭 정도의 규모가 되는 곳에서 이런 일이 벌어지는 경우는 드물기 때문이다.

"미리 고지해 드렸지만 현재 유튭에서는 칼 루이먼 대표의 명령에 따라 반중국 정서를 띤 모든 콘텐츠를 차단하고 있고,

동시에 코델09바이러스에 관련된 콘텐츠 역시 차단하는 중입니다. 이는 명백하게 수정 헌법 제1조를 위반한 것으로……."

"미국 기업이 미국의 법률을 지키지 않는다는 게 말이 됩니까?"

하이드 맥핀의 말에 일부 주주들이 화를 냈다.

그러자 의견이 다른 주주들이 입을 열었다.

"그런 게 아니지 않습니까? 이익을 내느라 그런 거죠."

"아니, 이익을 위해서라면 뭐든 해도 됩니까?"

"그럼 차라리 마약을 팔지 그래? 마약처럼 돈 되는 게 어디 있다고!"

"말이 너무 심하네."

"심해? 돈에 눈이 멀어서 반역을 하는 건 괜찮고?"

노형진의 예상대로였다. 다들 흥분을 감추지 못하고 있었다.

의견이 칼 루이먼을 지지하는 측과 반대하는 측으로 크게 나뉘어 있었던 것이다.

지지하는 주주들은 뭘 해도 상관없다, 돈만 많이 벌면 그만이라는 식으로 말하는 반면, 반대하는 주주들은 미국 내에서 사업을 하면서 미국의 정신을 부정하는 기업은 있을 수 없다고 주장하고 있었다.

"개판이네, 진짜."

안건을 제출하고 단상에서 내려온 하이드 맥핀은 싸우는

사람들을 바라보았다.

그런 그에게 부하 직원이 다가와서 물었다.

"어떻게 될까요?"

"아마도 우리가 지겠지."

"네? 우리가 진다고요?"

"그래. 질 수밖에 없어."

어찌 되었건 현재 유튭의 이익은 역대급이다.

대부분의 부자들은 정치적인 상황이나 성향에는 관심이 없다. 오로지 자신들의 돈을 지켜 줄 수 있는지에 대해서만 관심이 있었다.

"생각보다 자본가들은 근시안적이라네."

"이해가 안 갑니다. 이런 행동은 국가를 좀먹는 행동입니다."

"미국이라는 나라를 좀먹는 행동이 설마 이거 하나뿐이라고 생각하나?"

그 말에 직원은 아무런 말도 하지 못했다.

실제로 미국을 좀먹는 행동은 어마어마하게 많다.

당장 엄청나게 비싼 의료비도 그렇고 부실한 교육과 떨어지는 지능 문제도 그렇다.

실제로 어떤 개인 방송인이 30만 원짜리 은괴와 초콜릿을 들고 도로에 나가서 지나가는 시민들에게 둘 중 하나를 고르라고 한 적이 있는데, 수많은 사람들이 은괴 대신에 초콜릿을 선택했다.

교육 수준이 워낙 낮다 보니까 그 은괴가 가지는 가치에 대해 이해 자체를 못하는 것이다.

"미국의 이득? 솔직히 중요하진 않지. 중요한 건 자기들의 이득이니까."

중국에서 어마어마한 수익이 들어오는 이 상황에 과연 자본가들이 쉽게 포기할 수 있을까?

"나는 단호하게 '아니요'라고 말하겠네."

"그러면 무슨 의미가 있습니까?"

"미끼지."

"미끼요?"

"아, 저쪽에서 이제 발표하겠군."

주주총회에서는 안건만 말할 뿐 바로 투표하지는 않는다.

모든 투표에는 이해관계가 얽혀 있어서 주주들을 설득할 시간이 필요하기 때문이다.

"누구죠?"

"윙신. 중국계 미국인 변호사야. 중국에서 가지고 있는 유튭의 지분을 대표하지."

그는 앞으로 나오자마자 자신의 의견을, 아니 중국의 의견을 피력하기 시작했다.

"칼 루이먼의 해직은 부당합니다. 그는 현재 역대 최고의 수익을 만들어 내고 있습니다."

주요 내용은 예상대로 칼 루이먼의 자리를 지키려고 하는 것이었다.

'노 변호사님의 예상대로네.'

노형진은 분명 그렇게 말했다. 분명 중국은 칼 루이먼의 자리를 지키려고 할 것이라고.

그럴 수밖에 없는 게, 중국은 칼 루이먼을 통해 사실상 유튭을 지배하고 있었다.

그렇기에 칼 루이먼이 잘리면 그동안 막아 왔던 중국에 대한 부정적인 여론이 다시 표출될 뿐만 아니라 유튭에도 안 좋은 이미지가 생길 수밖에 없는 상황이었다.

그렇잖아도 중국은 국제적으로 고립되고 있는 상황. 그런 상황에서 중국이 할 수 있는 건 별로 없었다.

'당연히 칼 루이먼은 중국에 도움을 요청했을 테고…….'

그리고 중국에서는 그 요청을 받아들였을 것이다.

다만 그런 경우 유튭에서 제공해야 하는 대가가 어마어마하리라는 것이 문제였다.

'사실상 유튭의 지배권은 중국으로 넘어가겠지.'

그걸 알기에 중국에서는 적극적으로 칼 루이먼을 도우려고 할 게 뻔했다.

"음."

하이드 맥핀 옆에 있던 직원은 중국 변호사의 말을 들으면서 눈을 찡그렸다.

"왜?"

"아니, 그냥 좀……. 그놈의 돈 이야기만 계속 나오니까 좀 짜증 나서요."

"중국에서 최고로 치는 대가가 바로 돈 아니겠나?"

중국에서는 돈만 있으면 뭐든 할 수 있다. 그게 설사 불법이라고 해도 말이다.

그러니 그들의 사상은 돈으로 시작해서 돈으로 끝난다.

"애초에 민주주의니 하는 건 저들의 사상에 포함된 게 아닌데 뭘. 게다가 유튭은 미국계 글로벌 기업이니까. 아니, 엄밀하게 말하면 미국 기업도 아니지."

이미 주소는 조세회피지로 옮겨 둔 지 오래고, 설사 그게 아니더라도 유튭의 주식을 가진 것은 전 세계의 수많은 사람들이다.

"간단하게 말해서 유튭의 주식을 가지고 있는 대부분이 해외 사람들이야. 그 사람들이 미국의 정신 또는 미국의 헌법에 관심을 가지겠어?"

하이드 맥퀸의 말에 부하 직원은 뒤통수를 맞은 느낌이었다.

"하지만 우리는 이기려고 온 게 아니었나요?"

"아니. 우리는 이기기 위해서 이곳에 온 게 아니야. 애초에 말이야, 단순히 칼 루이먼을 자르고자 했다면 굳이 우리가 오지 않아도 됐겠지."

이것이 법이다

주식을 가지고 있는 건 마이스터고, 마이스터에서 굳이 돈을 써 가면서 드림 로펌에 일을 줄 이유는 없다.

"중요한 건 이거지. '유튭은 혐오 콘텐츠를 컨트롤할 생각이 없다.'는 걸 확인하는 것."

그러면서 서류를 탁탁 치는 하이드 맥핀.

"우리는 주주총회를 통해 내부 문건을 얻는 데 성공했지. 그리고 그와 관련된 증인들도 포섭할 수 있었고."

칼 루이먼의 자리, 사실 그건 중요하지 않다. 중요한 것은 바로 이 자료들.

"싸움은 이제부터야."

그 순간 중국인 변호사의 말이 끝났다.

"감사합니다."

"와와~."

"최고다!"

열광하는 사람들.

그들의 눈에는 돈에 대한 욕망만이 가득했다.

혐오는 혐오를 부른다

노형진의 예상대로 칼 루이먼을 해고하는 데에는 실패했다.

중국에서 자리를 유지할 수 있도록 그를 도왔으니까.

하지만 그로 인해 상황이 바뀌어 버렸다.

정확하게는, 사람들에게 유튭이라는 조직의 본질이 드러나 버린 것이다.

–유튭? 거기 완전 중국 빠 아니냐?

–중국에 안 좋은 이야기를 하면 차단 박는다면서?

–허, 아직도 유튭 보는 사람이 있어?

예상대로 유튭의 주가는 대폭락하기 시작했다.

칼 루이먼은 중국의 힘으로 자리를 지킬 수 있었다. 그러나 그 대가는 혹독했다.

사실상 중국에 유튭의 운영권이 넘어갔다고 봐도 과언이 아니었다.

"뭐라고요?"

"중국에 안 좋은 콘텐츠는 전부 삭제하시오."

웡신의 말은 협상이 아니었다. 사실상 요구였다.

칼 루이먼은 당황한 낯으로 외쳤다.

"그럴 수는 없습니다!"

"지금까지는 다 그래 왔잖소?"

"지금은 상황이 다르지 않습니까!"

다른 나라는 몰라도 중국에 대한 부정적인 정보가 담긴 영상은 모조리 삭제하거나 수익 창출을 막았다.

그런데 이제는 아예 모조리 삭제하라니.

"대가에 대해 모르지는 않을 텐데?"

"시키는 대로 했잖소! 코뎀09바이러스와 관련된 모든 글을 삭제하고 업로드를 막았소!"

사실상 눈 가리고 아옹 하는 것이었다.

그런다고 해서 코뎀09바이러스가 중국에서 시작되었다는 걸 부정할 수도 없고 중국의 이미지가 좋아지는 것도 아니었다.

애초에 중국이 미국에서 저지른 범죄들이 워낙 많았기 때문에 어쩔 수 없었다.

"그걸로는 부족하오. 당장 중국에 안 좋은 콘텐츠는 전부 삭제해요!"

"아니, 그럴 수는 없소!"

당장 수정 헌법 위반으로 잘릴 뻔한 게 불과 얼마 전의 일이다.

그런데 임시 총회가 끝나자마자 중국에 안 좋은 주제의 동영상을 모조리 삭제한다면 과연 무슨 소리가 나올까?

총회가 한 10년 뒤에나 열리는 것도 아닌데 이게 소문난다면 치명적인 타격으로 돌아올 수밖에 없다.

"후회할 텐데?"

그 말에 웡신이 비웃음을 날리며 말했다.

"당신이 원하는 대로 당신 자리를 지켜 줬잖소? 그러니까 우리 말을 들어야지."

"당분간만이라도 좀 조용히 있어야 합니다."

"절대로 안 되오!"

사실 지금 중국은 상황이 좋지 않다. 심지어 노형진의 회귀 전보다 훨씬 상황이 좋지 않았다.

기업들은 대부분 빠져나갔고, 무시하던 인도가 빠르게 그 기업들을 흡수하고 있는 상황이기 때문이다.

거기다 중국 내에서 코델09바이러스도 통제되지 않고 있는 상황.

그 상황에서 더 이상 뭘 어쩔 수도 없다.

그러니 중국의 이미지가 더 안 좋아지는 건 막아야 했다.

"이건 약속이 다르지 않소!"

"약속? 약속은 깨라고 있는 거지."

그 말에 칼 루이먼은 숨이 턱 막혔다.

실제로 중국은 약속을 어기는 것으로 유명하다. 대표적인 예가 올 마스터 리그라는 게임이었다.

전 세계적으로 대흥행한 게임이었던 올 마스터 리그를 중국에서 인수할 때 작성한 계약서에는, 분명 운영에 어떠한 개입도 하지 않는다는 조항이 있었다.

하지만 넘어간 후에 반중국 정서를 가지고 있거나 중국의 지시에 대항하는 사람들을 모조리 쳐 냈다.

게임 자체가 워낙 기본적으로 잘 만들어져 있기에 망하거나 하지는 않았지만 그 내부는 오로지 중국 찬양으로 가득 차 있음을 알 수 있었다.

"당장 삭제하시오!"

'망했다.'

이 상태로는 진짜 중국이 시키는 대로 하는 수밖에 없는 상황.

결국 칼 루이먼은 뒤늦은 후회를 해야 했다.

'내가 무슨 짓을……'

하지만 이미 상황은 늦어 버렸다.

이제 유튭의 운영은 사실상 중국에서 하니까.

"그리고 중국에 관리 센터를 만드시오."

"중국에 관리 센터를 만들라고요?"

"그렇소."

"하지만 중국은 유튭 자체가 불법 아닙니까?"

"하지만 운영은 할 수 있지."

중국에 관리 센터를 만들어라.

이 말은 사실상 중국에서 모든 영상을 관리하겠다는 의미다.

실제로 그런 기업들이 한둘이 아닌데, 그들의 공통점은 반중국 정서의 글이 올라오면 거의 100% 확률로 삭제되고 그글을 쓴 유저들은 차단당한다는 것이었다.

"그럴 수는 없습니다."

"그럴 수는 없다? 그러면 우리가 당신의 잘못된 점을 공개해도 될까?"

잔인하게 웃는 웡신.

"우리가 아는 정보를 미 정부에 넘기면 당신은 반역죄로 처벌받을 수도 있는데?"

그 말에 칼 루이먼은 침을 꼴깍 삼켰다.

물론 진짜 반역을 한 건 아니다. 하지만 일단 회사에 반역이미지가 뒤집어씌워지면 유튭이 망해도 이상할 게 없다.

"……알겠습니다."

"좋소. 그리고 알고리즘을 조작해서 중국 찬양 영상을 좀 올려야겠는데."

"그건 무리예요. 알고리즘이라는 게 그냥 마음대로 할 수 있는 게 아닙니다."

알고리즘은 가벼운 세뇌에 가까운 느낌이다.

관심이 있는 걸 보여 주는 척하면서 천천히 세뇌를 퍼트리는 거다.

처음에는 혐오 콘텐츠를 하나만 보여 주겠지만 그걸 보면 이 사람이 이런 콘텐츠에 관심이 있다고 판단하고 비슷한 걸 계속 보도록 하는 거다.

그러니 처음에는 보이는 혐오 콘텐츠가 하나뿐이지만 나중에는 보여 주는 것마다 모조리 혐오 콘텐츠인 게 알고리즘의 작동 방식이다.

"그걸 거부하면 그걸로 끝이라고요."

만일 어떤 주제에 대해 관심이 없다고 거부했는데도 계속 보여 준다면, 누가 보려고 하겠는가?

당연히 알고리즘은 '관심 없음' 표시를 한 영역의 영상은 보여 주지 않는다.

물론 계속 돌려 보다 주면 비슷한 주제의 다른 채널은 뜰 수 있지만 말이다.

"그걸 할 수 있게 하는 게 당신이 할 일이지."

윙신의 말은 단호했고 차가웠다.

'미치겠네.'

웡신의 말을 들으면서 칼 루이먼은 숨이 턱턱 막혀 왔다.

"그러니까 우리가 시키는 대로……."

그 순간 부하 직원이 다급하게 안으로 들어왔다.

"대표님, 큰일 났습니다."

"또 뭔데?"

"소…… 소송이 들어왔습니다."

"소송? 무슨 소송?"

"징벌적 손해배상 소송이……."

"하아~."

그 말에 웡신이 비웃음을 날렸다.

"예상하고 있던 일 아닌가?"

예상하고 있던 일이다.

노형진, 아니 드림 로펌에서 징벌적 손해배상을 통해 상대방을 억압하거나 컨트롤하는 건 한두 번이 아니었고, 이번 건은 누가 봐도 미국의 수정 헌법 1조 위반이다.

해임 건은 기업 주주총회에서 자신들의 이권에 따라 결정할 수 있지만 이건 별개의 건이다.

"그래 봤자지."

헌법은 최상위의 법이지만 동시에 처벌 규정이 없는 법이다.

이걸 문제 삼아 다음에 다른 법을 만들 수는 있겠지만 그자체로 처벌할 수는 없다.

실제로 그래서 수많은 IT 기업들이 수정 헌법을 위반하면서도 당당하게 영업할 수 있었던 거다.

"그래 봤자 얼마나 되겠어? 1억 달러?"

잘해 봐야 1억 달러.

그마저도 인정받지 못할 상황이 될 거다.

지금 유튭이 벌어들이는 수익을 생각하면 그 정도 손실은 그다지 크지 않다.

"대충 무시해. 어차피 판사들에게 대충 돈이나 쥐여 주면 소송은 취하될 거야."

윙신은 마치 자신이 유튭의 대표라도 되는 것처럼 시큰둥하게 말했지만 부하 직원의 눈빛에서 칼 루이먼은 그게 끝이 아니라는 걸 알아차렸다.

"뭐야, 표정이 왜 그래? 뭔가 더 있는 건가?"

"그게……."

"말해 봐. 도대체 뭐가 문제인데?"

"소송 주체가…… 우리이기는 한데……."

부하 직원은 혼란스러운 듯 더듬더듬 말을 이었다.

"무슨 말이야, 그게?"

"소송을 우리한테 건 게 맞기는 한데 피해자들이……."

"피해자들이 뭐?"

"미국인이 아닙니다."

"뭐?"

그 말을 윙신도 칼 루이먼도, 처음에는 이해하지 못했다.

이것이 법이다

미국인도 아닌데 미국에 대고 징벌적 손해배상을 청구한다?

불가능한 건 아니다.

공식적인 재판의 가해자가 미국의 기업인 유툽이니까.

그런데 그게 무슨 의미가 있을까?

"그……게……."

흔들리는 눈동자로 부하 직원이 힘겹게 입을 열었다.

"현재…… 소송을 건 나라가…… 30개국입니다. 아마 시간이 지나면 더 늘어날 거라고……."

그 말에 칼 루이먼의 얼굴은 창백해지기 시작했다.

⚖️

"칼 루이먼, 아니 유툽에서는 아마도 자기들이 미국의 입에만 재갈을 물렸다고 생각하겠죠. 그런데 말입니다, 유툽은 전 세계적인 구독 서비스거든요."

노형진은 새론에서 회의하면서 현재 상황을 설명해 줬다.

그들이 삭제한 영상이 과연 미국에서만 볼 수 있는 영상일까?

아니다. 당연히 미국뿐만 아니라 한국, 영국, 프랑스, 일본 등등 전 세계에서 볼 수 있다.

심지어 베트남이나 필리핀, 인도 같은, 중국과 사이가 안 좋은 나라들에서도 볼 수 있다.

사이가 안 좋은 만큼 중국에 대해 부정적인 영상이 올라오곤 했는데, 그때마다 중국의 명령을 받은 유튭에서 삭제했던 것이다.

"그래서 유튭에 글로벌 소송 시스템을 적용한 건가!"

김성식은 탄성을 내질렀다.

사실 새론의 법률 지원 시스템은 각 나라에서 제대로 보호받지 못하는 한국인들을 보호하기 위해 만들어졌다.

한국의 대사관들이 일을 제대로 하지 않아서 어떤 사고가 나도 방치하거나 한국인을 버려두는 걸 보고 대신 그들을 보호하기 위해 전략적으로 확장한 것이다.

"다른 곳은 안 됩니다. 하지만 새론은 되죠."

"하긴, 새론만은 가능하겠지."

김성식은 그 말에 고개를 끄덕거렸다.

"맞습니다."

새론은 다른 로펌과 다른 점이 하나 있다.

각 나라마다 지점을 두고 있다는 거다.

물론 법률이 다르고 변호사 자격이 다 다르기 때문에 한국에서 사람을 보내어 운영하는 데에는 한계가 있다.

운영 자체는 할 수 있지만 재판은 현지에서 고용한 인력으로 진행해야 하기 때문이다.

"어찌 되었건 새론이 전 세계가 동시에 움직일 수 있는 시스템을 만들어 놨다는 게 중요하죠."

노형진은 새론을 통해, 각 나라에서 중국이나 코델09바이러스와 관련된 영상을 올린 후 삭제당한 피해자들에 대해 조사하고 그들에게서 미리 소장을 받아 놨다.

그 결과, 현재까지 소장을 받아 둔 나라만 이미 50여 개국이고 이는 점점 늘어나는 추세였다.

"이들이 한꺼번에 징벌적 손해배상을 청구하면 어떨까요?"

"난리가 나겠군."

아마 지금쯤 유튭은 정신이 아득해졌을 것이다. 청구 금액이 수조 달러가 넘으니까.

어쩔 수가 없다.

피해자는 한 나라당 적게는 수천 명, 많게는 수만 명 단위인데, 심지어 그 피해 국가가 한둘이 아니니까.

"그런데 이해가 되지 않는데요. 징벌적 손해배상을 이길 수는 있는 건가요?"

"이길 수 있죠. 그러기 위해 한 주주총회인데요, 뭘."

주주총회에서 내건 칼 루이먼의 해임안은 속임수였다.

그걸 주장하면서 슬쩍 내부의 규정이나 상황에 대한 자료를 확보한 것이다.

만일 그냥 달라고 했다면 줬을까? 당연히 거절했을 것이다.

그렇다면 소송에 들어간 후에 달라고 하면 줄까?

그때도 주지 않을 거다.

법원을 통해 받아 내려고 해도, 아마도 수백만 달러를 퍼 부어서라도 토해 내지 않으려 했을 거다.

"하지만 주주총회는 내부 건이니까요."

"그렇지."

주주는 회사의 주인이다.

그리고 회사의 주인이 달라고 하는데 자료를 공개하지 않 는 것은 법률상 금지되어 있다.

실제로 미국은 주주의 권한을 아주 강력하게 보호하기 때 문에 아주 중요한 자료가 아니면 공개하도록 되어 있다.

"그렇게 자료를 얻고 직원들의 증언도 얻었지요."

물론 그 증언은 현재로서는 사용하지 않고 감춰 둔 상황이다.

"그나저나 진짜로 중국을 위해 알고리즘을 조절했다니, 기가 막히네요."

"고 변호사, 돈은 모든 것을 가능하게 한다네."

김성식이 쓰게 웃으며 말했다.

"어찌 되었건 자료는 충분한 거로군."

"그런데 이 건수가 모두 징벌적 손해배상이 되는 건 아니 지 않습니까?"

무태식은 고개를 갸웃하면서 물었다.

"제가 미국 법을 다 아는 건 아니지만 그래도 징벌적 손해배상은 한 번만 가능하다고 알고 있는데요."

가령 한 기업에 당한 다수의 피해자가 있다면 그들이 동시에 소송한다고 해도 징벌적 손해배상은 단 한 번만 인정된다.

나머지는 일반 손해배상으로 처리된다.

그럴 수밖에 없는 게, 징벌적 손해배상은 기업의 불법적 행위에 대한 고의성을 처벌하기 위한 것이다 보니 일회성을 띨 수밖에 없다.

"네, 맞습니다. 징벌적 손해배상은 딱 한 번만 가능하죠."

사실 어쩔 수가 없는 게, 일단 징벌적 손해배상을 청구해서 싸울 정도의 상황이라면 진짜 전면전을 각오하고 시작하는 것이기 때문이다.

다른 사람들은 대부분 거기까지 가지 않기 때문에 적당히 합의하지만, 징벌적 손해배상은 둘 중 하나가 죽자고 덤비는 거니까.

"그래서 이 사건이 중요한 거죠."

"어째서요?"

"징벌적 손해배상은 단 한 번입니다. 그런데 지금 덤빈 나라는 수십 곳이죠. 그렇다면 단 한 번 승리한 곳에서 받아 갈 이득이 얼마나 되겠습니까?"

"아, 그러겠네요. 조 단위의 손해배상이 나오겠네요."

다른 것도 아니고 국민의 입에 재갈을 물리는 범죄를 저질렀다. 그런데 손해배상액이 적게 나올까?

못해도 10억 달러 이상은 나올 거다.

"그런데 또 이런 사건은 그 차이가 심하거든요."

첫 번째는 10억 달러까지 가능하겠지만 나머지 사건들은?

잘해 봐야 몇만 달러 수준일 거다.

"그러니까 각 나라 입장에선 총력전이 될 겁니다."

"총력전 말입니까?"

"네, 지금 전 세계에서 돈이 필요한 나라가 어디 한둘입니까?"

노형진의 말에 고연미도 알 것 같다는 듯 고개를 끄덕거렸다.

"사방에서 그냥 비명만 꽥꽥 지르고 있죠."

"맞습니다."

방역도 해야 하고 빈민들도 구제해야 하고 상업도 지켜야 한다.

얼마 전 다행히 백신이 나왔다지만 가난한 나라들은 돈이 없어서 사지도 못할 형편이다.

"당장 대룡에서도 난리라고 하더군."

김성식도 안다는 듯 고개를 끄덕거렸다.

대룡은 백신의 핵심 물질을 만들어서 파는 방식으로 수익을 내고 있다.

오로지 대룡에서만 백신을 만들어서 뿌리면 한계가 명확하기 때문이다.

이것이 법이다

아무리 돈이 좋아도 생산량을 맞추지 못하면 백신을 만든 의미도 없는 것이다.

"그런데 각 나라에서 대룡에 다급하게 지원을 요청하고 있는 모양이야."

돈을 주고 사야 하는 백신.

하지만 돈이 없어서 백신은 못 사는데 국민들은 죽어 나가니, 좀 가난한 나라들은 너도나도 대룡에 매달려서 백신 좀 달라고 울부짖고 있다는 것.

"그 상황에서 10억 달러라면 절대 작은 돈이 아니죠."

그 돈이 자국으로 들어온다면?

그걸로 방역도 하고 국민도 살릴 수 있다.

"각 나라에서는 자연스럽게 이 재판에서 총력전을 펼칠 수밖에 없습니다."

이건 개개인의 소송이 아니다. 각 나라가 나서서 자료를 수집해 유튭을 공격할 테니까.

"그렇다면 사실상 유튭은 전 세계를 상대로 싸우는 거군요!"

고연미 변호사는 자신도 모르게 탄성을 내질렀다.

"맞습니다. 그리고 각 나라에서는 사력을 다하겠지요."

아마 법원 등을 통해 현지 유튭을 압수수색하거나 방송을 통해 피해자들을 모으려고 할 거다.

"그리고 그건 언론을 통해 유튭이 모든 국민, 아니 전 세계

사람들의 입에 재갈을 물리려고 했다는 걸 증명하는 셈이죠."

그렇게 피해자들은 점점 더 모여들 테고 그 규모도 점점 더 커질 거다.

"유튭 입장에서는 골 때리겠네."

이미 싸움은 끝났다고 생각했는데 이제는 전 세계를 대상으로 싸움을 해야 하는 상황이 되었으니까.

"네. 그렇다면 이 상황을 칼 루이먼이 어떻게 해결해야 할까요?"

"변명하겠지."

분명 변명할 거다.

어쩔 수 없었다거나 혐오 콘텐츠는 막을 수밖에 없다고 하면서.

"웃기네요. 다른 혐오 콘텐츠는 되는데 중국 혐오 콘텐츠만 안 된다니."

"네, 그리고 혐오 콘텐츠로 돈을 벌어 오던 지난 십수 년간의 방식도 바꿔야 합니다."

싫든 좋든, 재판에서 지든 이기든 유튭은 혐오 콘텐츠의 생산을 막아야 하는 상황이 온다.

지금 같은 방식을 계속 유지하려면 결국 반중국 콘텐츠를 인정해야 하고, 이를 피하려면 모든 혐오 콘텐츠를 삭제해야 한다.

"그렇게 할 수밖에 없을 겁니다."

중국에서 나는 수익이 너무나도 많다.

반중국 콘텐츠를 허락하게 되면 유튭은 극단적인 혐오 콘텐츠 시장이 될 거다.

세상에는 중국을 싫어하는 사람만 있는 게 아니니까.

프랑스는 영국을 욕하고 독일은 러시아를 욕하고 백인은 흑인을 욕하는 지독한 혐오도, 공정한 법의 적용을 생각하면 삭제해서는 안 된다.

"중국을 지키기 위해서는 모든 혐오 콘텐츠를 삭제해야 한다라⋯⋯."

"그리고 우리는 아주 지독한 혐오 콘텐츠 한 곳을 알고 있죠."

노형진은 씩 웃으며 말했다.

"허? 이게 이렇게 되나?"

유튭을 공격할 때 이게 구영단하고 무슨 관계가 있나 싶었다. 그런데 돌고 돌아 결국 근본에 도착한 거다.

"이제 구영단을 족칠 시간이군요, 후후후."

⚖

유튭은 얼마 지나지 않아 주가가 대폭락할 수밖에 없었다.

전 세계에서 유튭에 대한 대대적인 공격이 시작되었기 때문이다.

유륩, 중국만을 위한 운영

유륩, 무엇이 문제인가?

유륩, 중국 우월주의인가, 아니면 중국을 제외한 모든 나라를 차별하는 것인가

"젠장."

연달아 터지는 뉴스에 칼 루이먼은 머리를 부여잡았다.

생각한 것과는 전혀 다른 방식의 공격.

"전 세계에서 우리 회사에 대한 불만이 쏟아지고 있습니다."

"당연하지."

실제로 중국에 대한 불만을 품은 나라는 미국뿐만이 아니다.

한국을 제외하면 대부분의 나라 사람들이 모두 코델09바이러스로 형제나 친구 등을 잃은 수준이기에 당연하게도 사람들은 중국에 대한 극단적 분노를 품고 있었다.

하지만 그동안은 그걸 꾹 참고 있었다.

그도 그럴 게, 일단 자신의 생존이 우선이니까.

그런 상황에서 이번에 터진 문제는 그동안 사람들이 참고 있던 분노를 자극하기에 충분했다.

"마이스터 저 개 같은 새끼들."

칼 루이먼은 시선을 돌려 뉴스에서 보도되는 마이스터의 인터뷰 장면을 보면서 이를 박박 갈았다.

―마이스터는 유룝의 최대 주주 중 한 명으로 알고 있는데요. 왜 이번에 칼 루이먼 해고와 관련된 시도를 한 것인가요?

―화가 나니까요.

―화가 난다니요?

―피도 눈물도 없는 금융회사라고 이야기들 하지만 그렇다고 해서 저희가 진짜 피도 눈물도 없는 곳은 아닙니다. 아시다시피 저희 마이스터는 수년간 사람들을 구하기 위해 많은 노력을 했습니다. 방역 시스템을 만들고 어마어마한 양의 방역용품을 준비해서 미국을 비롯한 각지에 뿌렸지요. 새로운 방역 격리실도 개발했고, 지난 수년간 엄청난 적자를 감수하면서 의학 기술에 이바지했습니다. 이 모든 것이 생명을 구하고자 하는 하나의 목적만으로 이루어졌습니다. 심지어 현 상황에서는 극빈층과 실직자들을 위한 긴급 식량 지원도 하고 있지요.

―그건 알고 있습니다. 물론 상황이 해결된 후에 갚는다는 조건이지만, 그 덕분에 많은 사람들이 목숨을 구했지요.

단순히 목숨만 구한 게 아니다.

일부 나라는 코넬09바이러스로 인해 폭동이 일어날 정도로 심각한 문제를 겪게 된다.

하지만 긴급 식량 지원 덕에 다행히도 그런 폭동이 대폭 축소되거나 벌어지지 않게 되었다.

이는 노형진이 아프리카에서 자생이 가능한 종자를 뿌린

덕분에 가능한 일이었다.

　매년 어마어마한 양의 종자를 돈을 주고 사던 아프리카에서 과거처럼 종자를 계속 이어서 키울 수 있는 품종을 확보하자, 그 덕분에 조금씩 잉여 농산물까지 나오기 시작했다.

　당연히 아프리카에 비싸게 뿌려지던 농산물이 시장에 풀리면서 결과적으로 회귀 전에 비해서 식량의 가격이 생각보다는 오르지 않게 된 것이다.

　-그렇습니다. 마이스터뿐만 아니라 미다스도 큰돈에는 큰 책임이 따른다고 생각하기에 그 책임을 다하려고 해 왔습니다. 그런데 한낱 개인의 영달을 위해 그토록 지키려고 했던 국민과 민주주의의 입에 재갈을 물리려는 사람이 있다는 걸 알고는 용서할 수가 없어졌습니다.

　-개인의 영달이라 생각하십니까?

　-그게 아니라면 수정 헌법 제1조를 이렇게 대놓고 무시하는 게 말이 안 됩니다. 돈이 중요한 게 아닙니다. 돈을 벌 기회는 많습니다. 하지만 잃어버린 목숨은 돌이킬 수 없습니다. 또한 민주주의와 자유 역시 돌이킬 수 없습니다. 민주주의와 자유는 우리 조상님들의 피와 노력으로 이룩한 가장 아름다운 역사입니다. 저희는 그걸 단순히 개인의 잔고를 채우기 위해 버릴 생각이 없습니다.

　"개인의 잔고……. 저거 내 이야기지?"

　"……."

이것이 법이다

"씨팔."

틀린 말은 아니다. 중국만을 위해 영상을 컨트롤할 것을 지시한 게 자신이었으니까.

뉴스를 보던 칼 루이먼은 할 말이 없어졌다.

"대표님, 어떻게 할까요?"

"다른 나라의 상황은 어때?"

"대부분의 나라에서 우리 지부에 압수수색을 하고 있습니다. 그리고 또…….'"

"그리고 또 뭐?"

"우리를 까는 영상들이 미친 듯이 올라오고 있습니다."

"끄응."

하긴, 전 세계적인 이슈가 되어 버린 상황이다.

각 나라는 소송에 들어간 당사국의 피해자들을 적극적으로 도와주겠다며 나서고 있다.

설사 국가 차원에서 지원이 없다고 하더라도, 누가 이런 기회를 거절하겠는가? 성공하면 수백억의 돈을 벌 수 있는 기회인데.

더군다나 다른 곳도 아닌 드림 로펌에서 무상으로 변호해 주겠다고 나선 상황.

가난한 나라에 있는 사람들이라고 할지라도 못 할 건 없다.

"삭제할까요?"

“이제 와서? 그걸 삭제하면? 그러면 그 후에는 또 무슨 욕을 먹으려고?”

아마 진짜로 빼도 박도 못하고 국민의 입에 재갈을 물리는 악마쯤으로 취급받을 거다.

“그리고…… 이 소식이…….”

“뭔데?”

“네트웍플러스에서 이번 사건을 드라마화한답니다.”

“네트웍플러스에서?”

“네.”

“미친 새끼들이 진짜!”

하지만 또 한편으로는 이해가 간다.

이번 코델09바이러스의 최대 수혜자 중 하나가 네트웍플러스 같은 OTT 서비스니까.

이참에 유툽을 화끈하게 깔아뭉갬으로써 자신들의 점유율을 높이고 싶은 것이리라.

실제로도 그게 가능한 게, 이미 전 세계에서 유툽의 탈퇴율이 올라가고 있다.

“가장 큰 문제는 광고가 떨어지고 있다는 겁니다.”

“광고 말인가?”

“네. 중국을 제외하고는…….”

“미치겠네.”

빈자리는 중국계 기업들이 모조리 휩쓸고 있는 상황.

그렇다 보니 사람들의 눈에는 유튭이 갈수록 중국만 빨아주고 다른 나라는 무시하는 것으로 보일 수밖에 없다.

"해결책이 없나?"

"가장 좋은 방법은 아예 중국에서 손을 떼는 겁니다만……."

사실 그래도 문제는 없다.

일단 중국에서 유튭은 불법이다. 중국에서 보는 사람들은 죄다 VPN을 이용해서 당국을 속이면서 보는 상황이다.

그러니 이쪽에서 중국 IP를 완전 차단한다고 해도 문제 될 것은 전혀 없다.

물론 그랬다가는 칼 루이먼의 목이 날아가겠지만.

"사실 그런다고 해도 해결되는 건 별로 없습니다. 도리어 몰락이 가속화될 수도 있습니다."

"뭐? 몰락이 가속화된다고? 왜?"

"광고 대부분이 중국 광고입니다."

그리고 중국의 성향을 보면, 중국은 시키는 대로 하지 않으면 무조건 보복해 왔다.

지금도 중국은 윙신을 통해 자신들이 시키는 대로 하라고 칼 루이먼을 압박하고 있다.

이 상황에서 유튭이 망하고 말고는 그들에게 중요한 게 아니다.

그리고 그들이 보복할 때 가장 좋은 방법은 광고를 모조리 빼 버리는 것이다.

그렇잖아도 질이 낮은 광고만 늘어나서 사용자들의 불만으로 가득한 유튭이다.

그런데 거기에서 중국의 광고마저 빠진다?

현실적으로 유튭을 운영할 자금이 나오지 않을 거다.

즉, 역대 최고의 수익을 내던 유튭이 단 한 방에 몰락한다는 소리다.

"그리고 현재 마이스터가 터트린 공매도가 워낙 타격이 커서……."

마이스터가 공매도를 선언했고 거기에 수저를 올리겠다고 너도나도 달라붙었다.

실제로 주가는 벌써 몇 번이나 서킷 브레이크가 걸릴 만큼 충격이 컸다. 얼마 전의 최대 수익이 의미가 없을 만큼 말이다.

"끝이군."

그 말에 순간 칼 루이먼은 현타가 왔다.

물론 자신의 자리를 지키기 위해 노력하기는 했다. 하지만 과연 지킬 수 있을까?

"이보게, 변호사."

"네, 대표님."

"다음 주주총회에서는 과연 내 자리를 지킬 수 있을까?"

그 말에 담당 변호사는 잠깐 침묵을 지키다가 결국 사실대로 말하기로 했다.

"힘들다고 생각됩니다."

"역시 그런가?"

그깟 수정 헌법 1조 위반?

주주들은 그걸 백 번 천 번 위반해도 신경 쓰지 않는다. 그랬기에 이번에는 자리를 지킬 수 있었던 거다.

하지만 주가가 폭락한다면?

그건 주주들에게는 무엇보다 심각한 문제다.

더군다나 서킷 브레이크가 터질 정도로 폭락하고, 그것도 몇 번이나 반복되었다면 그를 자르지 않는 게 더 이상할 거다.

"내가 뭔 짓을 한 거지?"

자신의 자리를 지키기 위해 중국을 끌어들였다.

중국에서 좀 더 돈을 많이 주기에, 그들을 위해 법을 위반했다.

그런데 그게 이제 모두 돌아와서 자신의 숨통을 조이고 있었다.

"일단은 사과부터 해야겠군."

여기서 그만두고 도망가는 건 쉽다.

하지만 그런다고 해서 문제가 해결되는 것은 아니다.

게다가 이 문제를 해결하지 않으면 나중에 퇴직한다고 해도 온갖 소송에 시달리게 될 가능성이 크다.

"기자회견을 준비해 주게."

"어떻게 하시겠습니까?"

그 말에 칼 루이먼은 쓰게 웃었다.
"빌어 봐야지 별수 있나?"

칼 루이먼, 이번 사태에 대해 사과

유튭, 모든 일은 공정하게 처리하겠다

광고 및 영상 알고리즘에 대한 대대적인 수정 시작

미 정부, 유튭에 알고리즘 제출 명령

노형진의 예상대로 유튭은 사과를 하면서, 모든 알고리즘을 공정하게 수정하겠노라고 발표했다.

쉽게 말해서 어떤 혐오 콘텐츠도 그냥 두지 않고 무조건 삭제하겠다는 거다.

"예상대로 중국을 버리지는 못하네."

"중국을 버리면 지금의 유튭은 버티지 못하니까. 정확하게는, 칼 루이먼이 못 버티지."

중국을 버려도, 유튭은 일시적으로 시청자가 줄어들기는 하겠지만 망하거나 하지는 않을 것이다.

하지만 칼 루이먼은 목이 날아가는 걸로 끝나지 않을 가능성이 크다.

"그러니 자기 목숨 줄을 잡아야지. 현재 상황에서는 유튭에 광고를 주는 집단은 중국을 제외하고는 거의 없으니까."

심지어 동남아 일부 국가에서는 유튭에 광고했다는 이유

로 제법 큰 회사가 일종의 불매운동에 직면하기도 했다.

그다지 큰 회사는 아니었고 기존에 결정된 계약에 따라 유튭에 광고한 것뿐인데도 그랬다는 것은, 그만큼 유튭에 대한 사람들의 증오와 반감이 심하다는 의미였다.

"더군다나 대체재가 없는 것도 아니고 말이지."

코넬09바이러스로 인한 격리?

세상에 즐길 거리는 넘쳐 나게 많다.

인터넷이라는 세계에는 인간이 수천 년간 쌓아 올린 모든 정보보다 많은 즐길 거리가 넘쳐 난다.

당장 네트웍플러스만 해도, 거기 있는 작품을 다 보려면 무려 3년이 걸린다고 한다.

그 3년 안에도 엄청난 작품들이 또 나올 테고 말이다.

"자폭한 거네."

"그리고 이제야 증오를 뿌리는 놈들을 정리할 시점이 된 거지."

"가능할까?"

서세영은 걱정스럽게 물었다.

사실 증오를 없애는 건 불가능하다. 하지만 그걸 떠드는 놈의 입에 재갈을 물리는 건 가능하다.

그게 노형진의 생각이었다.

"일단 구영단 채널을 삭제하라고 소송을 걸어야지."

"응? 소송? 신고가 아니고?"

"애초에 그 신고를 사람이 컨트롤하는 게 아니잖아. 그래서 이 문제가 터진 거고."

알고리즘 내에서는 부정적인 콘텐츠를 어떻게 감시할까?

일단 첫 번째는, 영상 내부에서 보이는 코드를 분석한다.

예를 들어 음란물 같은 걸 판단하는 경우 그런 음란물에서 보이는 특유의 코드를 알고리즘이 자동으로 판단해서 컨트롤하는 거다.

다만 이런 영상 판단은 완벽하지 않아서 종종 오류가 나기도 한다.

가령 미국인에 비해 상당히 동안인 동양인의 외모를 잘못 판단하고 키드 콘텐츠로 분류해서 수익 창출을 막는 것이다.

그리고 이런 경우 대부분 이의 신청에 따라 쉽게 풀리는 편이다.

그런데 영상이 아닌 음성의 경우는 분류가 애매하다.

영상에서 이 사람이 혐오성 발언을 하는지 아니면 노래를 부르는지, 현재까지는 알고리즘이 정확하게 인식할 수 없기 때문이다.

그래서 사용되는 게 바로 신고 제도이다.

다수의 사람들에게서 신고가 들어가면 일단 자동으로 알고리즘이 그 영상을 차단하고, 이의 신청이 들어오는 경우 그 영상을 확인하고 풀어 주는 게 일반적인 과정이었다.

"그런데 신기한 건 말이야, 정해진 규칙이 없다는 거지."

"규칙이 뭔데?"

"예를 들면 이런 거지. 과연 신고 수가 어느 수준에 도달해야 해당 영상을 차단할 것인가 같은 거 말이야."

실제로 유튭에서는 자신과 사상이 다르다는 이유로 무차별적으로 신고가 이루어지는 경우가 무척이나 많다.

"그런데 어떤 경우는 그게 먹히고, 또 어떤 경우는 그게 먹히지 않는단 말이지."

"알고리즘이 그만큼 정교한 거 아니야?"

"아니지. 알고리즘이 그만큼 편향적으로 제작되었다는 거지."

"응? 어째서?"

"알고리즘은 프로그램일 뿐이야. '싫어요'라는 게 왜 싫은지는 절대 몰라."

신고 자체는 분류에 따라 간단하게 하지만 단순히 '싫어요'가 많은 영상은 이유조차 없다.

실제로 특정 사상을 가진 사람이 반대 사상을 가진 개인 방송인의 채널에 집단으로 몰려가서 신고를 눌러 채널이 폐쇄된 경우도 많다.

"그런데 어떤 경우는 아무리 신고해도 채널이 폐쇄되지 않지. 당장 구영단의 채널이 그런 거야."

"하긴, 생각해 보면 이상해."

구영단은 미친놈이다. 그렇게밖에 표현할 수 없다.

단순히 정치적 성향의 문제로 미친놈 소리를 듣는 놈은 아니다.

정확하게는, 구영단은 사이버 렉카다.

심지어 힘과 권력 그리고 국회의원 출신이라 대중에 대한 영향력까지 가진 사이버 렉카.

"그동안 구영단이 한 짓거리가 한둘이 아니기는 하지?"

구영단이 송정한을 비롯한 민주수호당 출신만 공격했을까?

아니다. 그는 닥치는 대로 공격했다.

어떤 남자 배우에게는 근거도 없이 강간범이라는 혐의를 뒤집어씌웠고, 어떤 코미디언을 향해서는 수십억대의 탈세범이라고 주장했으며, 어떤 여자 가수에게는 유부남을 꼬셔서 집안을 파탄 냈다는 주장을 했다.

그런 주장이 한둘이 아니었고, 그 모두가 결국 증거도 없이 구영단 혼자서 떠든 사건이었다.

그로 인해 실제로 해당 연예인들의 이미지는 나락으로 가버렸고 이에 소송까지 이루어졌지만, 정치권에서 수사 자체를 막아 버려서 결국 그들의 명예는 복구되지 못했다.

"아, 맞다. 그런 일도 있었지?"

"그것만 있는 게 아니지."

구영단이 한 행동은 대부분 근거도 없었고 심지어 정보의 출처도 없었다.

그는 언론인도 아니면서 언론의자유를 들이밀며 정보의 출처를 공개하지 않으니까.

"그런데 최근에 재미있는 소문이 들리더라고."

"뭔데?"

"그놈이 노린 사람들 말이야, 구영단의 돈 요구를 거절했다는 모양이야."

"돈? 아니, 구영단 그놈은 돈도 많잖아!"

매주 구영단에게는 17억이 넘는 수익이 들어온다.

바로 그 돈 때문에 유튭에서 구영단의 채널을 삭제하지 않고 있다는 게 노형진의 추측이었다.

"그 돈은 자기 돈이니까. 선거는 남의 돈으로 하고 싶은 거지."

"남의 돈으로…… 선거?"

"그래."

구영단은 국회의원 출신이다.

한번 권력을 맛본 사람은 쉽게 그 권력을 포기하지 못한다.

아무리 돈이 넘쳐 나도 남들이 자기 앞에서 설설 기는 그 느낌을 살 수는 없으니까.

"양심 없는 거 아냐? 아니, 돈도 그렇게 많은데 그냥 자기 돈으로 하면 되지. 매주 17억이라며? 한 달이면 선거비 뽑고도 남겠네."

"원래 욕심이란 그런 거지."

아무리 돈이 넘쳐도 그 돈을 지키고 싶은 게 인간 심리다.

"중요한 건 그거야. 그때마다 팬층이 가서 신고를 안 눌렀 겠냐고."

"아, 그랬겠네."

민주수호당 지지 세력도 구영단의 채널에 집단으로 찾아 가서 신고 또는 비추천을 눌렀을 거다. 연예인의 팬층도 역 시 그랬을 테고.

특히 구영단이 저격한 개그맨의 경우, 국민 MC라고 불릴 만큼 팬층이 두터운 사람이었다.

당연히 엄청난 수의 신고가 이루어졌을 거다.

"그런데 어째서 폐쇄가 이루어지지 않았을까?"

"어? 그러네."

물론 내부의 알고리즘은 알 수가 없다.

그도 그럴 것이, 싫어요나 재생 횟수에 비해 신고되는 횟 수가 얼마나 되면 폐쇄되는지, 하다못해 소위 노딱이라고 불 리는 수익 창출을 막을 때도 문제가 뭔지 알려 주지 않기 때 문이다.

그래서 일단 영상이 차단되면 사람이 알아서 수정해 가면 서 노딱 요소를 찾아 없애야 하는 게 현재 유툽의 운영 방식 이었다.

"그 말은……!"

"돈이 되니까 폐쇄를 안 한 거겠지."

그거 말고는 답이 없다.

실제로 유튭은 그 어떤 병신 짓을 해도 돈이 되는 채널은 없애지 않는 것으로 유명하다.

"이런 상황에서 단순히 이의 신청을 한다고 해서 채널을 없앨 리가 없지."

노형진은 그걸 알기에 미국에서 그렇게 복잡한 과정을 겪은 것이다.

"하지만 이제는 상황이 바뀌었잖아?"

"그래, 바뀌었지."

다른 것도 아니고 혐오와 관련해서는 분명 공정하게 하겠다고 했다.

그리고 노형진은 그 혐오와 관련해서 채널의 삭제 청구를 할 생각이다.

"그러면 말이야, 유튭이 역으로 그 채널이 어째서 삭제 대상이 아닌지에 대해 증명해야겠지."

문제는 그 이유가 돈 말고는 없다는 거다.

"더군다나 소송 당사자가 다른 사람도 아닌 나니까."

유튭이 바보도 아니고, 미국에서 벌어진 일을 겪고도 어설프게 대응할 리가 없다.

게다가 노형진이 마이스터와 미다스의 대리인이라는 것도 잘 알고 있으니 더더욱 신중하게 대응할 것이다.

"더군다나 한국에서 사용된 증거는 미국의 법원에서도 사용할 수 있거든."

분명 이쪽에서 채널의 증오 조장을 이유로 삭제를 요청했는데 그걸 수익 때문에 무시한다?

그러면 미국에서 벌어지는 글로벌 소송에서 대놓고 '유튭은 공정한 관리를 유지한다면서 돈이 되는 증오 콘텐츠는 방치하고 있다.'라고 주장할 수 있게 된다.

"와, 이게 이렇게 되는 거야? 미친!"

서세영은 깜짝 놀랐다.

노형진이 미국에 손대기 시작할 때만 해도 도대체 이게 무슨 의미가 있었나 싶었는데, 설마 이런 식으로 스노볼이 굴러갈 줄은 몰랐으니까.

"그리고 이게 시작이지, 후후후."

세 치 혀라는 칼날

노형진이 소송을 걸자마자 분위기는 갑자기 변했다.

그럴 수밖에 없었다.

아무리 유튭이라고 할지라도 머리 아픈 일을 무시할 수는 없으니까.

"호국영령? 이 채널 도대체 뭐야?"

"구영단 전 국회의원이 운영하는 채널입니다."

"아, 거기가 여기야?"

유튭의 한국 대표는 그 말에 눈을 찡그렸다.

그도 그럴 게, 정식 명칭보다 구영단의 미친 짓으로 더 유명했던 채널이기 때문이다.

"하아, 그러니까 새론에서 이 채널의 폐쇄 청구 소송이 들어왔다 이거지? 그것도 증오 범죄 조장을 이유로."

"네."

"미치겠네."

그 말에 대표는 머리를 긁적거렸다.

한국이라는 작은 지역을 담당하고 있다지만 미국의 본사에서 벌어진 일에 대해 모를 리가 없다.

실제로 미국 본사에서도 공식적으로 증오 콘텐츠를 명확히 구분하라고 지시했기 때문에 어쩔 수 없이 증오 콘텐츠 분류 작업을 시작한 상황이었다.

"이 채널, 문제가 많지?"

"하지만 그만큼 돈이 됩니다."

"뭐, 그렇기는 하지."

매주 17억이라는 돈이 들어오는 채널이 바로 호국영령이다. 그리고 규정상 호국영령의 수익의 일부는 유튭이 가지고 간다.

그랬기에 유튭 입장에서는 제법 짭짤한 수익처였다.

특히나 한국은 시장이 워낙 작은 곳인지라 구영단이 매주 주는 수익의 수익은 절대로 무시할 게 못 됐다.

"이거 어쩌지? 도대체 이 미친 새끼는 왜 이걸 우리한테 없애라는 거야?"

"우리가 하지 않으면 이 채널이 없어질 리가 없지 않습니까?"

"끄응, 그건 그렇지."

구영단은 돈맛을 봤다.

그뿐만이 아니다. 수많은 영상 채널에서 돈을 벌었던 자들은 그 돈맛을 잊지 못한다.

사회적으로 분란을 일으키고도 끝끝내 돌아와서 다시 채널에서 활동하려고 하는 이유가 그거다.

"게다가 구영단이 올린 영상들을 보셨으니 아시지 않습니까?"

전형적인 증오 채널이었다.

건설적인 것까지는 바라지도 않는다. 자기들끼리 뭘 해도 상관하지 않는다.

하지만 구영단의 구국영령은 벌써 몇 번이나 명예훼손과 허위 사실 유포로 고소가 들어왔고, 그때마다 경찰이 찾아와서 머리를 아프게 했다.

"이거, 끄응……. 방법이 없네. 채널 폐쇄해."

"네?"

"채널 폐쇄하라고. 애초에 이 채널을 폐쇄하라고 소송한 거잖아. 이거 없애면 소송도 취하되겠지."

"하지만……."

그 말에 부하 직원의 눈동자가 흔들렸다.

그도 그럴 게, 구영단의 구국영령은 단순히 없애는 것으로 끝나는 채널이 아니기 때문이다.

"그러면 나중에 문제가 될 겁니다, 대표님."

"그래서 없애지 않으면? 네가 마이스터랑 대놓고 싸울래?"

"……."

"본사도 쪽도 못 쓰고 털리고 있는데 네가 이길 자신은 있고?"

"……."

없다. 그런 능력이 있었다면 직장인이 아니라 정치인을 했을 거다.

"솔직히 구영단이 벌어 주는 돈이 아깝기는 하지만, 그렇다고 해서 이 상황에서 지켜 줄 정도의 가치가 있는 것도 아니잖아?"

"그런 문제가 아니지 않습니까?"

구영단만의 문제가 아니다.

구영단의 채널이 폐쇄당하면 다른 정치 채널도 하나둘 사라질 거다.

"각 정당에서 그냥 있지는 않을 텐데요."

"어쩔 건데? 그러면 헛소리를 하지 말든가. 누가 정치적 의견도 말하지 말래?"

"그건 그렇습니다만……."

"그렇잖아도 상부에서 공식적으로 커트라인이 내려왔어. 정치적인 의견을 밝히는 것에 대해서는 터치하지 않지만 허위 사실을 유포하는 경우에는 채널을 폐쇄하란다."

특정 정치적 성향에 대해 불만을 가지는 거? 그건 합법이다.

그걸 말하는 거? 그것도 합법이다.

그리고 그 지지자들에게서 돈을 받는 거? 그것도 합법이다.

"그런데 구국영령 채널은 그게 아니잖아."

허위 사실을 유포하고, 자기에게 돈을 주지 않는다고 공격한다.

다른 정치 채널하고는 완전히 다른 성향을 보여 주는 것이다.

다른 정치 채널은 정치적으로 문제를 지적하면서 그 와중에 욕도 조금 할 수는 있지만, 최소한 상대방에 대한 허위 사실을 퍼트리지는 않는다.

'어찌 보면 당연한 건데.'

다른 정치 채널들의 경우는 국회의원 출신이 아니라 보호받지 못한다. 그러다 보니 진짜로 허위 사실을 유포하면 채널이 폐쇄되거나 형사처벌을 받을 가능성이 크기 때문이다.

"규정대로 채널 폐쇄해. 그리고 요 근래에 아주 대놓고 계좌를 띄워 놓고 있다면서?"

"아, 예……. 그렇습니다."

보통은 그레이트챗으로 개인 방송인에게 돈이 입금된다.

그러면 유튭에서 이 돈 중 자신들의 몫 30%를 떼고 나머지를 개인 방송인에게 주는 것이다.

그런데 얼마 전부터 구영단은 방송할 때 아예 영상 아래에 자신의 계좌를 고정시켜 놓고 있다.

유튭에 주는 수수료 30%가 아까워서 그러는 거다.

유튭 그레이트챗 대신에 계좌 이체를 해 달라고 하는 것은 규정 위반이지만 단순히 계좌만 띄워 놓는 건 규정 위반이 아니다.

그게 의미하는 건 뻔하다.

수수료 아까우니까 그냥 내 계좌로 다 박아 넣어라.

"상도덕은 지켜야지. 이건 선 넘는 거야. 우리도 더더욱 지켜 줄 이유가 없는 거지."

그렇잖아도 위에서 혐오 채널에 대한 해결책을 찾으라고 하는 상황.

그 상황에서 굳이 봐줄 이유는 없었다.

⚖️

"뭐? 채널 폐쇄?"

노딱, 그러니까 수익 창출을 막은 것도 아니고 채널 폐쇄란다.

그 소식을 들은 구영단은 길길이 날뛸 수밖에 없었다.

그도 그럴 게 매주 들어오던 17억이 날아갔으니까.

"아니, 뭔 개소리야! 왜? 어째서? 무엇 때문에!"

"그게, 증오 범죄 조장이랍니다."

"증오? 증오? 내가 언제!"

"그게…….."

해당 프로그램을 제작하던 PD는 땀을 뻘뻘 흘렸다.

"증거가 너무 명확해서…….."

농담이 아니라 실제로 그쪽에서 제시한 증거가 너무 명확했다.

허위 사실 유포는 말할 것도 없었고, 자기들과 정치적 사상이 다르면 때려죽여도 합법이라고 공공연하게 말하고 다녔으니까.

"아니, 씨팔! 그게 말이 돼? 다 그러잖아! 왜 나만 폐쇄당하는데!"

"일단…… 우리랑 비슷한 성향을 보였던 곳들은 다 폐쇄당한다고 합니다."

사실 구영단의 구국영령 같은 채널의 숫자는 적지 않다.

왜냐하면 그렇게 자극적인 콘텐츠로 지지자들을 자극하면 그들이 속이 시원하다면서 돈을 마구 퍼 주기 때문이다.

당장 구영단이 너무 멍청해서, 그래서 아무 근거도 없는 소리를 떠든 걸까?

개인이 상식적으로 금 200톤을 가지고 있다는 게 가능하다고 진짜로 믿은 걸까?

아니면 일개 판사가 한국에 IMF를 일으키고 공매도로 막대한 수익을 낼 수 있다고 믿는 걸까?

그럴 리가 없다.

하지만 그런 헛소리를 하면 돈이 들어오니까 그런 거다.

그리고 바로 그 이유로 구영단의 구국영령 같은 채널이 우후죽순 생긴 것이다.

유튭은 그런 채널들을 모조리 삭제하기 시작했다.

진보고 보수고 하는 건 상관없었다.

그냥 허위 사실을 유포했다면 무조건 채널 폐쇄를 강행했다.

"미치겠네."

눈앞에서 수백억이 날아간 구영단은 거의 미쳐서 날뛰기 시작했다.

"일단 채널을 다시 파는 게 좋을 것 같습니다. 복구 신청을 하기는 했습니다만……."

'될 리가 없지.'

PD는 알고 있었다.

증오 콘텐츠와 관련해서 미국에서 유튭의 대표가 공식 석상에서 사과문을 발표하고 빌어야 했다.

그로 인해 전 세계적으로 소송이 몰려들고 있다.

그런 상황에서 증오 콘텐츠를 방치하는 건 누가 봐도 미친

짓이다.

애초에 징벌적 손해배상이라는 게 뭔가?

나쁜 짓임을 알면서도 저질렀을 때 그에 대한 처벌을 위해 이루어지는 재판이다.

그런 상황에서 다른 모든 증오 콘텐츠는 유지하면서 반중국 콘텐츠만은 빛의속도로 삭제함과 동시에 중국 찬양 콘텐츠만 올린다?

다른 것도 아닌 미국의 수정 헌법 1조를 위반하면서?

재판부에서 '이 새끼들이 아직도 정신 못 차렸네.'라고 말하면서 배상액을 안 늘리는 게 이상한 거다.

유튭이 기업의 주소를 외국으로 옮겨 놨다고 해서 미국 법원의 결정을 무시하고 돈을 안 줄 수는 없는 노릇이다.

그러니 중국을 보호하기 위해서라도 유튭은 모든 증오 콘텐츠를 삭제해야 한다. 그래야 중국에 대한 증오 콘텐츠를 삭제해도 되는 정당한 이유가 되기 때문이다.

"일단 소송이라도……."

"그것도 힘듭니다. 일단 소송하려면 미국에 가야 합니다."

"뭐? 그게 뭔 소리야?"

"약관이 문제입니다."

유튭과 소송하고 싶다면 미국에 가야 한다. 그게 유튭의 약관이다.

"지금 미국에 갈 방법이 없습니다. 설사 간다고 해도, 재판이 언제 끝날지 알 수가 없습니다."

그때쯤이면 아마 사람들은 구국영령 채널을 완전히 잊어버릴 것이다.

"가장 큰 문제는 비용이고요."

다른 곳도 아닌 유튭을 대상으로 한 소송이다. 과연 변호사가 싼 가격에 해 줄까?

그럴 리가 없다. 아마도 수십억은 부를 거다.

그런데 그 돈을 낸다고 해서 무조건 이길 수 있는 것도 아니다.

사실 유튭도 돈이 되니까 지금까지 이 채널을 묵인해 준거다.

그런데 이제 와서 소송을 건다고 해서 과연 이길 수 있을까?

"그러면 어쩌라고?"

"일단은 다른 플랫폼에 새로 채널을 만드는 게 좋을 것 같습니다."

"뭐? 미쳤어? 야, 이 새끼야! 다른 곳에서 하면 네 월급이 나오는 줄 알아!"

분노에 눈이 돌아간 구영단은 PD의 뺨을 풀 파워로 후려쳤다. PD는 바닥에 무참히 나뒹굴었다.

"하지만……."

"일단 유튭에 채널을 새로 파!"

"네."

"그리고 어떻게든 살려! 알았어? 어떻게든!"

구영단은 분노에 휩싸여서 소리를 버럭 질렀다.

하지만 그는 몰랐다.

그 역시도 노형진이 예상하고 있다는 것을.

⚖️

"역시 새로 파네."

노형진은 그다지 놀랍지도 않은 표정이었다.

"그런데 아직은 구독자가 많지 않네."

"어쩔 수 없어. 새로 판 채널을 아직 홍보하지 않았으니까."

노형진은 어깨를 으쓱하며 말했다.

"구영단의 구국영령 같은 채널은 말이지, 기본적으로 지지 세력이 많은 사람들에게 홍보를 통해 접근한단 말이지."

즉, 나이가 많고 사리 분별력이 떨어지는 사람을 대상으로 홍보를 한다.

직접적으로 찾아다니지는 않을 테고, 보통은 채널의 링크를 톡을 통해 뿌리고 그걸 찾아온 사람들이 자기 입맛에 맞으니 구독을 하는 그런 형태가 될 거다.

"그런데 지금은 그게 아니잖아."

일단 과거에 있던 채널이 바로 폐쇄가 되었기 때문에 홍보를 할 틈도 없었을 거다.

"이제 톡을 통해 다시 홍보를 해야 하니, 그 시간이 제법 오래 걸리겠지."

"물론 그 전에 다시 이 채널도 폐쇄당할 테고?"

"그러겠지."

일단 문제가 되는 건 두 가지다.

과연 저 채널을 누구 명의로 했느냐의 문제.

유툽은 명의 도용에 관해서는 상당히 예민하게 구는 편이다.

실제로 신고로 인해 채널이 폐쇄되어서 더 이상 채널을 파지 못하는 개인 방송인이 타인의 명예로 채널을 개설했다가 명의 도용을 이유로 다시 폐쇄된 경우가 제법 많다.

"동의를 얻지 않았을까?"

"그럴 수도 있지. 아니면 관련자라거나 하면 가능하지."

노형진은 고개를 끄덕거렸다.

"하지만 그렇다고 해서 채널이 유지될 수는 없어."

"어째서?"

"과거의 영상을 올릴 테니까."

아무것도 없는 채널이다. 지금 채널을 연다고 해도 돈이 나올 구멍이 없다.

홍보가 되지 않았으니 그레이트챗도 안 될 테고, 조회 수가 적을 테니 광고비도 그다지 받을 수 없을 것이다.

"그런데 그런 곳은 운영비가 들기 마련이거든."

매주 17억의 수익을 벌기 위해서는 그만큼 사람을 써야 했을 것이다. 혼자 찍어서는 절대로 저런 퀄리티가 나오지 않는다.

PD도, 썸네일러도, 대본을 써 주는 사람도 있어야 하고, 카메라도 조절해야 한다.

제대로 굴러가는 유툽 채널은 의외로 기업화되어야 하고, 그만큼 돈이 많이 든다.

물론 혼자서 운영하는 사람들이 없는 건 아니지만, 어느 정도 수익이 안정되면 더 많은 수익을 위해 전문가를 고용하고 영상의 퀄리티를 높이려고 하는 건 어찌 보면 자연스러운 과정이다.

"그런데 그 운영비를 당장 어디서 벌겠어?"

"아, 그러겠네."

서세영은 고개를 끄덕거렸다.

그녀도 유툽 세대라 소위 복귀하는 사람들을 많이 봐 왔으니까.

새롭게 채널을 개설하는 경우 가장 먼저 하는 일은 과거에 올렸던 영상을 다시 업로드하는 것이었다.

수익을 창출해야 하니까.

"그리고 우리는 그에 대해 다시 신고할 수 있지."

그리고 그때는 유튭에서 더 이상 봐줄 이유도 없다.

수익도 없으니 부담도 없다.

"하지만 그런다고 포기할까?"

"그러지는 않을 거야. 뻔하지. 아마 다른 동영상 스트리밍 사이트로 옮겨 가겠지."

유튭에서 더 이상 채널 개설이 불가능해졌다고 해서 구영 단이 영상 업로드를 포기할 리가 없다.

"하지만 다른 사이트는 돈이 거의 안 될 텐데."

"전부를 잃는 것보다는 나으니까."

유튭이 워낙 크다 보니 제일 유명할 뿐이지, 동영상 스트리밍 사이트가 유튭뿐인 건 아니다.

그 외에도 마카롱이라는 국산 기업도 있고 유어뷰라는 2 위 기업도 있다.

하지만 그 두 곳과 유튭의 치명적인 차이는, 그 두 개 기업은 젊은 세대가 주류라는 거다.

구영단이 거기로 간다고 해도 과거 유튭 수익의 10분의 1 도 벌지 못할 가능성이 크다.

"그러니까 더더욱 극단적으로 활동하겠지."

노형진은 어깨를 으쓱하며 말했다.

"그리고 그렇게 되면 우리도 더 쉽게 조질 수 있을 테고, 후후후."

"빌어먹을."

채널을 만들고 고작 이틀 만에 폐쇄당했다. 심지어 이번이 세 번째 채널이다.

지난번에는 채널을 만들고 폐쇄까지 나흘이 걸렸는데 이번에는 고작 이틀.

사실상 채널의 개설을 인지하자마자 폐쇄했다는 소리다.

"의원님, 역시……."

PD는 우물쭈물 말했다.

"다른 플랫폼으로 가시거나 해야 할 것 같습니다. 우리는 집중 감시 대상이라서요."

이런 상황에서 유튭에 아무리 영상을 올려 봐야 채널이 계속 유지될 가능성은 없다.

"그러면 돈은?"

"네?"

"유튭에서 줘야 하는 돈 말이야, 이 개 같은 새끼야!"

돈. 사실 그게 문제였다.

유튭은 돈을 바로바로 지급하는 방식으로 운영되지 않는다.

일정 부분 수익이 쌓이면 채널의 운영자가 환급 신청을 해야 하는데, 그러고서도 환급금을 지급받기까지 대략 두 달

정도 걸린다.

"그게……."

문제는 신청을 하고 환급금을 받기 전에 채널이 폐쇄되거나 수익 창출 금지가 결정될 경우 그 돈은 지급되지 않는다는 거다.

"한 세 달 치는 못 받을 것 같습니다."

"뭐? 세 달 치나 못 받는다고?"

"네. 물론 그레이트챗으로 입금된 돈은 받을 수 있겠지만……."

그레이트챗은 시청자가 채널 운영자에게 준 돈이기에 유튭도 안 줄 수가 없다.

하지만 광고 등으로 인한 수익은 받을 수 없다.

"이런 씨팔……."

그 말에 구영단은 분노로 이를 박박 갈았다.

하지만 이제 와서 뭘 어떻게 할 수 있는 방법은 없었다.

"시팔, 시팔."

그는 끊임없이 욕을 내뱉었지만, 어차피 이길 수 없는 싸움은 시작해 봐야 의미가 없다는 것도 잘 알았다.

"일단 급한 대로 다른 플랫폼으로 가자. 어디가 좋아?"

"그나마…… 나은 게 마카롱입니다. 국내 기업이라 인지도도 좀 있고."

"아니, 유어뷰가 더 크다면서?"

"유어뷰는 증오…… 아니, 분쟁 요소가 있는 정치나 종교 콘텐츠에 대해 엄청나게 까다롭습니다."

유어뷰의 경우에는 분쟁 요소가 있는 채널 자체를 운영하게 하지 않는다.

일단 아무 영상이나 받아 주는 유튭과는 완전히 다른 상황이라, 가 봐야 수익 창출은커녕 아마 칼같이 차단당할 거다.

"하지만……."

마카롱은 구영단도 안다.

한국의 대기업이 유튭을 잡겠다고 야심차게 시작했지만 잡기는 개뿔, 그냥 폭망한 곳.

제대로 된 인원 유입도 없었고 당연히 수익 창출도 안 되는 그런 곳.

"그래도 의원님이 가시면 사람들이 몰려들지 않겠습니까?"

관심 자체가 급한 곳이기에 좀 이슈가 되거나 선을 넘더라도 슬쩍 모른 척하는 게 현재 마카롱의 상황.

"하, 씨팔."

다시 한번 구영단의 입에서 욕이 흘러나왔다.

하지만 이번에는 진짜로 방법이 없었다.

"구영단이 마카롱으로 갔는데?"

서세영은 이번 사건에서 실무적인 부분을 담당하면서 빠르게 상황을 알려 주었다.

노형진이 그녀에게 실무 감각을 익히게 하기 위해 그렇게 하라고 시킨 거다.

"뭐, 그럴 거야. 일단 마카롱은 한국 기업이니까."

"정치인들 눈치를 볼 거다 이거지?"

"맞아."

망한 사이트이기는 하지만 그래도 한국 기업인 만큼 정치권의 눈치를 보지 않을 수가 없다.

"더군다나 미국 기업처럼 손해배상 처벌을 할 수도 없거든."

소송을 걸어 봐야 분명 말도 안 될 정도로 낮은 배상금이 나올 게 뻔한 일.

"우리는 안 무서운가?"

서세영은 그 말에 입을 삐쭉거렸다.

그런 모습에 노형진은 자신도 모르게 피식 웃었다.

"음, 뭐 무섭기는 하지. 하지만 말이야, 정치권하고는 좀 다르잖아."

"뭐가 다른데? 그냥 가서 '법대로 하세요!'라고 하면 안 되는 거야?"

"그래서 더 문제야. 증오 콘텐츠를 조장하는 게 한국에서는 합법이라고."

"뭐?"

"유튭이 이번에 증오 콘텐츠를 삭제하는 이유가 뭔데?"

"그거야…… 아, 그러네. 내가 오해하고 있었구나."

유튭이 증오 콘텐츠를 삭제하는 이유는 진짜 증오 콘텐츠가 불법이라 삭제해야 해서가 아니다.

그간 유튭은 수정 헌법 1조를 위반하면서 중국과 관련된 증오 콘텐츠만을 삭제해 왔고, 그로 인해 막대한 손해배상 소송을 당했다.

그런 상황에서 유튭이 소송에 대한 충격을 줄이는 방법은 두 가지뿐이다.

증오 콘텐츠의 업로드 제한을 완전히 풀어 주고 중국 이미지가 박살 나는 걸 두고 보든가, 아니면 모든 증오 콘텐츠를 무차별적으로 삭제하면서 '보세요, 우리는 공정하게 일하고 있습니다.'라고 하든가.

그리고 그들이 선택한 건 후자였다.

전자를 선택하기에는 중국에서 들어오는 광고가 너무 많은데, 그 광고들이 모두 사라지면 유튭의 존립까지 위험해질 수 있기 때문이다.

"하지만 한국은 아니지."

수정 헌법 1조처럼 개인의 사상을 아주 철저하게 보호하는 것도 아니고, 기업의 영상 삭제 권한도 인정한다.

그래서 이쪽에서 삭제를 요청해도 들어주지 않으면 그만이고, 그게 불법인 것도 아니다.

"이런 상황에서 우리가 공격하기는 애매하지."

불법도 아닌데 기업을 쥐고 흔드는 것에 대해 마카롱은 법적인 다툼을 해 볼 여지가 있는 거고 말이다.

"결국 우리가 공격할 수 있는 방법은 경제적 압박뿐인데……."

"경제적 압박보다는 정치적 압박이 좀 더 위협적이다 이거구나."

"누차 말하지만 한국에서 기업이란 하나의 왕정국가야. 국왕만 보호하려고 하지."

마이스터나 미다스가 공격한다면 기업 자체에 대한 공격이 주가 되겠지만 정치적 보복은 국왕, 그러니까 회장에 대한 공격이 주가 될 게 뻔하고, 그러면 위험한 건 회장이다.

"그리고 실제로 구영단이 사람들을 데리고 온 것도 사실이고."

구영단의 경우는 그 존재 자체가 하나의 브랜드다. 좋든 싫든 말이다.

그가 하는 특유의 헛소리를 좋아하고 열광하는 사람들은 넘쳐 나고, 그들이라면 채널의 소속과 상관없이 따라갈 가능성이 큰 것도 사실이다.

"그러면 어떻게 해야 해? 이번에는 못 막나?"

"못 막긴. 이미 어떻게 할지 뻔하게 보이는데."

노형진은 어깨를 으쓱하며 말했다.

"이제는 모금법 위반으로 집어넣어야지."

"뭐?"

"구영단이 모금을 하고 있잖아. 아예 자기 채널에 박아 넣더만."

실제로 구영단은 채널 영상 아래에 상시 모금 계좌를 걸어 두고 그곳을 통해 모금을 받고 있다.

"다른 개인 방송인들이라고 그렇게 하는 법을 몰라서 모금을 안 받는 게 아니야."

다른 개인 방송인들이 구영단처럼 하지 않는 이유는, 영상 아래에 직접 계좌를 걸어 둘 경우 두 가지 문제가 생기기 때문이다.

첫 번째, 기부금법 위반.

두 번째, 탈세.

"과연 구영단이 멀쩡하게 기부 단체로 등록하고 세금을 내면서 채널을 운영할까?"

"아, 그럴 리가 없겠네."

기부 단체로 등록하면 외부 감사를 둬야 하고, 실제로 주기적으로 감사도 받아야 한다.

두둑하게 주머니를 채우던 구영단이 그걸 원할 리가 없다.

"그러니 그걸 고발하면 되는 거지."

"하지만 자유신민당에서 구영단을 보호하려고 하지 않겠어?"

어찌 되었건 자유신민당의 비공식적인 스피커 역할을 하던 남자다. 그러니까 보호하지 않을까?

하지만 노형진은 그 가능성이 높다고 생각하지 않았다.

"힘들걸."

"어째서?"

"기본적으로 비공식적인 스피커잖아."

허위 사실을 공식적으로 유포할 수는 없다. 공식적으로 유포하는 순간 더 이상 송정한과 구영단의 문제가 아닌 정당 간의 문제가 되기 때문이다.

사이가 좋지 않아서 맨날 싸우는 두 집단이지만, 그래도 허위 사실 유포 자체는 심각한 범죄이기에 그 사실이 외부로 드러나는 순간 중립 표가 빠져나갈 건 당연한 일.

그래서 실제로 가짜 정보를 뿌리는 채널을 외부에 보유하는 것이 정당의 수법 중 하나였다.

"그러니까 도와줄 수가 없지. 그들도 알거든, 이 뒤에 누가 있는지."

"아하!"

물론 자유신민당의 힘이라면 전화 한 통으로 구영단을 풀어 주라고 하거나 재판을 취소하게 압박할 수는 있을 것이다.

"하지만 그건 어디까지나 다른 사람들을 상대할 때의 이야기지."

이번 상대는 다름 아닌 마이스터와 미다스다.

자유신민당이 과연 당의 운명까지 걸고 싸우려고 할까?

애초에 외부의 비공식적인 라인이라는 건, 언제 버려도 상관없는 인간이라는 의미이기도 하다.

당연하게도 자유신민당은 마이스터와 대립각을 세우면서까지 싸우려고 들지는 않을 거다.

"더군다나 마이스터는 현재 송정한 편이라고 생각하고 있을 게 뻔하니까."

실제로도 그렇다.

정확하게는, 마이스터는 새론을 통해 송정한과 선이 닿아 있지만 자유신민당은 마이스터에 어떤 라인도 없는 상황.

그런 상황에서 자유신민당이 섣불리 움직이는 것은 불가능에 가깝다.

"그러니까 자유신민당은 못 움직여. 아니, 안 움직이지."

당연히 공격하는 건 어려운 일이 아닐 것이다.

"그러면 구영단은 좆 된 거죠."

"좆 된 거지, 후후후."

⚖

"민주수호당 이 개새끼들은 빨갱이예요, 빨갱이! 그 새끼들이 나라에 해 준 게 뭐가 있습니까! 우리국민당요? 하! 빨갱이한테 '수박칠'을 한다고 그 새끼들이 수박 되는 건 아니지 않습니까? 그 애들도 빨갱이라고요. 애초에 송정한이 돈이 어디 있어서 신당을 창당합니까? 분명 그 200톤의 금괴로 자금을 마련한 거라니까요! 그 금괴는 우리 국민들의 피와 땀으로 만들어진 돈입니다. 그런데 송정한 그 새끼가 IMF 터트려서 다 긁어 간 거예요. 그건 환수해야 합니다! 애초에 성범죄자가 무슨 판사입니까? 판사라는 이름이 아깝습니다."

구영단은 평소보다 더 자극적으로 말을 토해 내고 있었다.

어쩔 수 없었다.

유튭에서 마카롱으로 옮겨 온 후로 매출이 진짜 바닥을 기고 있었기에, 어떻게 해서든 다시 한번 홍보해서 사람들을 불러 모아야 하기 때문이다.

그렇다 보니 평소보다 훨씬 발언이 자극적이고 또 무거웠다.

"지금 이 나라가 남한 같습니까? 아니에요. 여기는 북한입니다. 대통령이라는 작자도 다수당이라는 작자들도, 다 북한의 지령을 받고 일하는 빨갱이 새끼들이라고요. 네? 다수당은 민주수호당이 아니라 자유신민당이라고요? 엄밀하게 말해서 민주수호당이나 우리국민당이나 결국 다 빨갱이 정당입니다. 그 차이는 없어요."

그런데 평소처럼 신나게 자극적인 헛소리를 하는 상황에서, 갑자기 촬영하던 사무실의 분위기가 뒤숭숭해지기 시작했다.

"당신 뭐야?"

아무리 구영단이 무시하고 방송하려고 해도 그건 막을 수 있는 게 아니었다.

자연스럽게 시선은 혼란스러운 스튜디오의 정면으로 향했다.

"나가세요! 촬영 중입니다."

"경찰입니다. 체포 영장 가지고 왔습니다."

"누구 마음대로……! 나가세요! 나가!"

직원들은 들어오는 경찰을 밀어내기 위해 다급하게 몸부림을 쳤다. 하지만 그런다고 영장까지 가지고 온 사람들을 막을 수는 없었다.

"뭐야?"

결국 신경질적으로 소리를 지르는 구영단.

그런 구영단에게 형사가 목소리를 높였다.

물론 방송 중인 건 안다. 하지만 그래서 뭘 어쩌란 말인가?

질문한 건 구영단이고 그에 대한 대답을 할 뿐이다.

"구영단 씨, 34억에 대한 탈세 혐의로 체포합니다."

"뭐…… 뭐라고?"

"이미 마이스터 쪽에서 자료를 확인했습니다. 계좌 이체 형식으로 부당하게 돈을 받고 계셨죠? 기부금을 받을 수 있는 허가도 받지 않으셨고요. 거기다 그에 대한 세금도 내지 않으셨고."

그 말에 사색이 된 구영단은 다급하게 마이크를 껐다.

─어? 뭐야? 마이크 꺼짐?
─구영단이 끈 모양인데?
─구영단이 위험한가 보다.
─빨갱이가 구영단을 잡으러 왔다.
─빨갱이한테 잡혀가게 두면 안 돼.

미친 듯이 올라오기 시작하는 채팅.

분명 그들은 구영단이 범죄를 저질렀다는 걸 알면서도 애써 모른 척하고 있었다.

"너…… 내가 누군지 알고!"

"알죠. 잘 압니다. 그래도 탈세는 하지 말았어야지요."

구영단에게 다가온 경찰은 코웃음 치면서 그에게 체포 영장을 내밀었다.

그걸 본 구영단은 눈이 돌아갔다.

이럴 리가 없다. 자신이 누군가? 자유신민당에서 이걸 두고 볼 리가 없다.

당연히 저 체포 영장은 위조다!

그래서 그는 자신도 모르게 다가온 경찰의 뺨을 풀 파워로 후려쳤다.

이것이 법이다

"이런 개 같은 새끼가! 감히 내가 누군지 알고 위조 영장을 들이밀어! 이 새끼야! 너 옷 벗고 싶어!"

그런 그의 행동에 경찰은 가만히 있다가 피식하고 웃었다.

그리고 한순간 구영단에게 달려들었다.

'어?'

그다음 순간 구영단은 자신이 허공을 나는 것을 느꼈다.

잠시 후 구영단은 바닥을 데구루루 굴렀다.

"으억!"

팔에서 올라오는 통증 그리고 수갑이 까드득 채워지는 느낌.

"구영단 씨, 당신을 공무집행방해죄로 현장에서 긴급체포하겠습니다."

"놔! 놔라, 이 새끼야!"

–빨갱이가 쳐들어왔다!

–뭐 하는 거야! 군대라도 나서서 막아야 할 거 아냐!

–빨갱이가 구영단을 죽이려고 한다!

여전히 일부 정신을 못 차린 지지자들이 채팅창을 도배하고 있었지만 대부분의 사람들은 이미 상황이 이상하다는 걸 느끼고 있었다.

마이크는 껐지만 영상은 보였고, 경찰이 내밀 만한 서류는 오로지 영장뿐이다.

그런데 그걸 보고도 구영단은 경찰을 두들겨 팼다.

그런 경우 경찰의 대응책은 상당히 뻔한 편이고 말이다.

이게 뭔 일이냐?

누군가가 올린 글. 그 글이 모두의 심정을 대변하고 있었다.

⚖

"구영단이 눈이 돌아갔더군."

"그럴 만하죠. 다른 곳에서도 활동도 못 하는데."

매주 17억이 생긴다고 해도 거기에서 유튭의 지분과 인건비 그리고 스튜디오 운영비까지 빼야 한다.

전이라면 그래도 제법 많이 남았겠지만 이제는 남기는커녕 매달 수천만 원의 적자를 감당해야 하는 처지인데, 심지어 탈세까지 저질렀다.

"문제는, 아무리 자유신민당이라고 해도 탈세 문제는 건드리지 못한다는 거지."

송정한은 흡족한 표정이 되었다.

그럴 수밖에 없는 게, 탈세는 국민감정을 상당히 건드리는

이것이 법이다

문제이기 때문이다.

대부분의 사람들이 하는 것이긴 하지만 특히 권력을 이용한 탈세는 사람들에게 증오를 일으킨다.

당장 국회의원들에게 가장 중요한 문제가 다름 아닌 병역인 이유가 뭔가?

다들 갈 수밖에 없는 군대에 누군가는 권력을 이용해서 가지 않았다는 사실이 국민들에게 상대적 박탈감을 일으키기 때문이다.

"확실히 증오 콘텐츠가 줄어들고 있어."

구영단은 증오 콘텐츠 업계에서는 톱클래스의 위치에 자리 잡고 있는 인간이었다.

그런 그가 저항도 하지 못하고 끌려 나가자 증오 콘텐츠를 떠드는 놈들이 확실히 줄어들었다.

"의외야. 다른 곳은 손대지 않았잖나?"

송정한은 고개를 갸웃했다.

유튭에 손댄 건 사실이지만 트위스터나 마스크북 같은 곳에는 손대지 않았다.

그런데 어느 순간 갑자기 그런 곳에서도 증오 콘텐츠가 급격하게 사라지기 시작한 것이다.

"아, 그건 공포감 때문입니다."

"공포감?"

"트위스터나 마스크북은 지난번에 이미 한번 털렸으니까

요."

"아, 그때 한번 털리기는 했지."

"네. 더군다나 마스크북은 자랑하는 곳이라는 이미지를 가지고 있으니까요."

증오 콘텐츠를 올려 봐야 찌질이나 병신이 자폭한다고 생각하는 게 마스크북의 분위기다.

그나마 과거에는 타겟팅에서 혐오 콘텐츠를 많이 썼지만, 그 사건으로 인해 타겟팅에 혐오나 증오 콘텐츠를 올리면 피해망상 환자라는 이미지가 생겼기 때문에 파괴력이 약해졌다.

"사실상 증오 콘텐츠의 끝판왕은 유튭인 거지요."

하지만 이제는 유튭에도 증오 콘텐츠를 올리지 못한다. 올린다고 해도 그걸 두고 보지도 않을 테고 말이다.

"크림톡 쪽은 좀 남았지만 거긴 터치하기가 힘들 테고."

"그래도 미리 대비는 해 두셔야 할 겁니다."

"미리 대비를 해 두라고?"

"네. 지금이야 살짝 움츠러들어서 조용하지만 분명 선거가 시작되면 톡을 통해 엄청난 양의 허위 사실을 유포할 테니까요."

그 말에 송정한은 눈을 찡그렸다.

확실히 선거철이 되면 톡과 문자를 통해 엄청나게 많은 허위 사실을 유포하는 방식은 지독하니까.

더군다나 이 방식은 유튭이나 트위스터처럼 외부에 드러

나는 것도 아니었다.

"그러니까 현상금을 미리 걸어 두세요."

"현상금을 미리 걸어 두라고?"

"네."

"하지만 돈을 거는 건 좀 그렇지 않나?"

"아니요. 괜찮습니다. 솔직히 말해서 지금이야 선거가 끝난 지 좀 돼서 톡이 잠잠한 거죠. 하지만 선거가 다시 시작되면 어떻게 되겠습니까?"

톡을 통해 어떤 사람들이 어떻게 어떤 가짜 정보를 뿌릴지 모른다.

톡은 어떻게 보면 철저하게 점조직으로 이루어진 범죄 조직과 같은 운영 방식을 가진다. 그렇다 보니 사건이 발생했을 때 신고하기도 어렵다.

"더군다나 기본적으로 톡이라는 건 말입니다, 오프라인상의 친목을 기반으로 벌어지는 행동이거든요."

아무런 접점도 없는 사람이 갑자기 초대해서 톡방을 만들고 거기에다 극단적인 사상으로 가득한 소리를 늘어놓는 걸 좋아하는 사람은 없다.

당연히 대부분의 사람들은 그런 경우 톡방에서 나가 버리거나 그 사람의 톡을 무시한다.

"하지만 오프라인으로 관계를 맺어 두면 섣불리 나가지도 못하죠."

그런 식으로 상대방을 끊임없이 세뇌하는 것. 그게 톡을 이용한 선거 전략이다.

"그런데 거기에 현상금을 건다고 해서 뭐가 달라지나? 신고하나?"

"여전히 신고하지는 못하겠죠. 하지만 반대로 신고당할까 봐 겁먹게 되는 겁니다."

"겁을 먹는다고?"

"점조직의 약점입니다."

중간에 선을 끊어 버리면 각자 알아서 살아야 한다. 이게 바로 점조직의 약점이다.

"보통 이런 톡에서 헛소리하는 방식은 뻔합니다."

첫 번째, 사람을 모집한다.

두 번째, 말을 하면서 증거로 링크를 덧붙인다.

당연하게도 그 링크는 증거 역할을 하는 유튭 영상으로 연결되는데, 그 영상이 워낙 교묘하게 제작되었기에 보는 것만으로도 사람들은 톡에 초대한 사람의 말을 믿게 된다.

"하지만 이제 영상이 사라졌죠."

"아, 그러면 그 상황에서 떠드는 건……."

"제가 유튭을 건드린 건 단순히 거기가 사람이 가장 많아서가 아닙니다."

단순히 텍스트만을 떠드는 것과 증거라고 영상을 들이미는 것은 전혀 다르다.

물론 현실적으로 보면 그 영상에는 의미가 없다.

어차피 떠드는 놈도 같은 패거리니까.

그럼에도 불구하고 인간은 제시한 영상 속 정보를 믿고 그에 따라 움직인다.

"그런데 이제 톡방에서 늘어놓는 텍스트만으로 움직여야 합니다."

그러면 톡을 통한 세뇌가 어려워진다.

"그리고 제가 현상금을 거는 대상에는 그 톡 내부의 링크도 포함되는 겁니다. 톡을 올린 사람은 고발 못 해도 그 영상 링크는 고발할 수 있죠."

그리고 현실적으로 본다면, 아무리 송정한과 우리국민당이 노력한다고 해도 엄청나게 쏟아지는 유툽의 영상을 모두 감시하는 건 불가능하다.

"애초에 올리는 사람이 아닌 링크가 목적이다 이건가?"

"네, 맞습니다."

사실 올리는 사람이 아무리 텍스트로 떠들어 봐야 대부분의 사람들 입장에서는 그냥 미친놈 헛소리일 뿐이다.

하지만 그걸 보완하는 것이 바로 유툽이다.

"유툽은 말을 잘하는 놈들이 올리게 되죠."

누군가에게는 헛소리인 것을, 말 잘하는 놈이 그럴듯하게 사무실을 꾸리고 떠들기 시작하면 혹하는 게 인간의 심리다.

"설마 처음부터 그게 목적이었나?"

"다른 것도 있습니다. 일단 현상금을 받는다는 소문이 돌면 어떻게 되겠습니까?"

"아, 알아서 조심하겠군."

"자유신민당이 잘 써먹는 방법이죠."

자유신민당은 압박을 통해 상대방이 자기 검열을 하게 만드는 방법을 선호한다.

그에 반해 민주수호당은 자유신민당의 그 방법이 자유를 침해한다고 생각해서 쓰지 않았다.

"하지만 이제는 아니죠."

"그렇지. 우리국민당은 완전히 새로운 정당이니까."

기존의 민주수호당처럼 두들겨 맞을 이유가 없다.

공격을 해 온다면 이쪽에서는 보복한다.

이쪽을 건드리면 우리도 건드린다.

그게 우리국민당의 모토다.

민주수호당처럼 무한정 두들겨 맞을 생각 따위는 전혀 없었다.

"신고는 하지 않겠지만 신고를 당할지도 모른다는 공포감이 사라지지는 않겠지요."

"흠, 그건 그렇군."

"그리고 그렇게 된다면 허위 사실을 퍼트리는 놈들이 과연 적극적으로 임할까요?"

링크를 올리면 그 영상을 올린 사람도 같이 망한다.

그리고 그들이 상대방을 설득할 만한 언변이 되는 것도 아니다.

그런데 심지어 신고까지 두렵다면?

안 봐도 뻔하다. 자기들끼리 뭉쳐서 이야기하고 자기들끼리만 공유하려고 할 거다.

"그러면 파급력이 크게 떨어질 겁니다."

"아, 그게 목적이었나?"

"네."

자기들끼리 떠들 때는 누구를 찍어 줄지 이미 결정되어 있을 테니까.

"확실하게 자기들끼리만 증오를 공유하겠군."

"증오를 완전히 없앨 수는 없습니다."

하지만 증오를 그들끼리만 주고받으면서 외부에 영향을 미치지 못하게 하는 건 가능하다.

"허."

노형진의 설명을 들은 송정한은 혀를 내두를 수밖에 없었다.

노형진은 확실히 말했다, 자신이라고 해도 증오를 없앨 수는 없다고.

그러나 '격리'는 성공한 거다.

"물론 어떻게든 그 격리를 깨기 위해 몸부림치겠지만요."

"그건 이제 우리가 해결할 문제겠지."

송정한은 쓰게 웃으며 말했다.

이제 그는 정치인이다. 모든 걸 노형진에게 기댈 수는 없다.

"기대하고 있겠습니다, 증오가 없는 세상."

"힘든 부탁을 하는군."

송정한은 한숨을 쉬면서 대꾸했다.

죽은 자는 말이 없다지?

"선배는 부담스럽지 않으세요?"

갑자기 말을 건네는 홍보석에 오광훈은 흠칫했다.

사실 오광훈에게 홍보석은 살짝 두려운 대상이었다.

지금이야 자신이 선배이자 상관이고 같은 스타 검사 파벌에 속해 있어서 전보다 자주 이야기를 주고받는 사이가 되었다지만, 정석적으로 공부해서 검사가 된 홍보석에 비하면 갑자기 살아나서 부랴부랴 법을 공부한 오광훈은 자기 밑천 하나 없는 상황이라 혹시나 무식함이 드러날까 두려웠기 때문이다.

지금이야 오광훈도 많이 공부하고 경험도 많이 쌓아서 어지간해서는 대화가 되지만, 그래도 과거의 버릇 때문인지 홍보석이 말을 걸면 살짝 주눅이 들곤 했다.

다행히도 이번 질문은 오광훈의 예상과 다르게 사건과는 관련 없는 것이었다.

"뭐가?"

"이제 승진하셔야 하는데 아직 승진 이야기도 없잖습니까?"

같은 스타 검사 라인에 있는 홍보석 검사는 오광훈과 커피를 마시면서 걱정스럽게 물었다.

아무리 코델09바이러스 시국이라고 해도 범죄가 일어나지 않는 것은 아니니 검사도 마냥 놀 수는 없는 노릇.

그래서 이 시국에도 검사는 어쩔 수 없이 검찰청에 나와서 일할 수밖에 없었다.

덕분에 스타 검사들은 간간이 만남의 기회를 가질 수는 있었다. 비록 마스크를 써야 했지만.

"뭐, 언젠가는 올라가겠지."

"그게 쉽지 않다는 거 아시잖아요, 선배도."

홍보석은 걱정스럽게 말했다.

그럴 수밖에 없는 게, 이제 오광훈은 부장검사급은 되어야 하는 연차다.

더군다나 그의 실적을 보면 더 빠르게 올라갔으면 올라갔지 아직도 부부장검사에 머물 이유가 없다.

그럼에도 불구하고 그는 아직도 부부장검사.

이것이 법이다

위에서는 필사적으로 오광훈을 승진시켜 주지 않고 있었다.

"너도 왜 그러는지 알잖아?"

승진을 할수록 더 많은 윗선의 범죄와 접할 수 있다.

그 점을 이용해 다른 검사들은 같은 검사라는 이유로 살인을 해도 봐준다.

그러나 오광훈은 얄짤 없이 기소하고, 만일 검찰에서 사건을 덮으려고 하면 스타 검사라는 타이틀을 이용해서 기자회견을 해서라도 모가지를 날려 버린다.

그렇다 보니 윗선에서는 오광훈의 승진을 두려워하고 있다.

오광훈이 자신들과 가까워질수록 본인들의 목이 점점 더 위험해지기 때문이다.

"뭐, 나는 신경 쓰지 않으니까 걱정하지 마."

"선배님 덕분에 저희가 편하기는 하지만……."

스타 검사에 쏠리는 시선을 오광훈이 모조리 받아 내고 있어서 생각보다 스타 검사들은 일하거나 승진하기 편했다.

그렇다 보니 홍보석은 오광훈에게 약간의 부채감을 느끼고 있었다.

"너무 신경 쓰지 말라니까. 그나저나 넌 뭐 요즘 재미있는 사건 없냐?"

"딱히 없습니다. 요즘은 모든 사건이 코델09바이러스에 매몰되어서요."

사건이 없는 건 아니지만 지금은 어설프게 장난치지 못한다.

사람들의 스트레스가 극에 달해 있어서, 까딱 잘못하면 그 분노를 독박 쓰는 수가 있기 때문이다.

"그럴 리가 없지."

하지만 오광훈은 다르게 생각했다.

"네?"

"범죄자란 새끼들이 질병 피해서 범죄를 저지를 리가 없지. 도둑놈도 자기 먹고살자고 도둑질하는데 정치인이나 권력자들이 자기 잘못을 인정하게 그냥 두겠니?"

"하지만 시기가 안 좋은 것 같습니다만?"

"아니, 그래서 기회일 수도 있지. 어지간한 사건은 코델09 바이러스 뉴스에 묻혀 버릴 거 아니야?"

"아, 그렇게 볼 수도 있겠네요."

"그러니까 두 눈 똑바로 뜨고 잘 살펴. 이런 시기가 어떻게 보면 범죄자들에게는 절호의 기회야."

누군가에게는 멸망의 시기일지 모르지만 또 다른 누군가에게는 막대한 돈을 벌 기회일 수도 있다.

'노형진 그놈은 도대체 얼마나 번 건지 모르겠네.'

오광훈은 노형진, 정확하게는 마이스터와 미다스가 그간 방역용품에 얼마나 돈을 들이부었는지 알고 있다.

그럼에도 물자가 부족해서 난리인 상황.

아마 수익은 상상도 못 할 정도일 거다.

"누군가는 기회를 잡는 법이야. 지금 같은 상황이라면 더 더욱 그렇지. 뭘 해도 조용하게 넘어갈 테니까."

"조용하게라……."

그 말에 홍보석은 잠깐 눈을 찡그렸다.

그러자 오광훈은 그런 그녀에게 묘한 얼굴로 물었다.

"왜 그래, 갑자기?"

그 말에 홍보석은 조심스럽게 입을 열었다.

"사실은 의심스러운 사건이 하나 있습니다."

"뭐? 그래? 어떤 사건인데?"

"간단하다면 간단한 살인 사건인데……."

"간단하다면 간단한?"

"교도소 내부에서 벌어진 살인 사건입니다."

"교도소 내부에서 벌어진 살인 사건이라고?"

"네."

그 말에 오광훈은 고개를 갸웃했다.

그럴 수밖에 없는 게, 그는 교도소를 갔다 온 적이 있으니까.

되살아나기 전의 이야기이기는 하지만 말이다.

그래도 교도소라는 곳은 그리 많이 바뀔 만한 장소가 아니라 그때나 지금이나 큰 차이는 없을 것이다.

당연히 시스템도 그대로일 텐데, 그가 아는 한 그 시스템 안에서 살인을 저지르는 것은 불가능에 가깝다.

"사고야?"

"일단 그쪽은 사고라고 생각하는 분위기입니다만, 제가 봐서는 사고가 아닌 것 같아서요."

"자세하게 말해 봐. 그렇게 생각하는 이유가 있을 거 아냐?"

"일단…… 우리끼리 말할 만한 문제는 아닌 것 같은데요. 최소한 여기서는요."

그 말에 오광훈은 주변을 살폈다.

검찰청 내부에 있는 작은 휴게실.

커피 자판기가 있어서 여러 직원들이 왔다 갔다 하기에 은밀한 이야기를 하기에는 적당한 장소가 아니었다.

스타 검사 라인과 반목하는 검사 라인의 직원도 이곳을 이용하니까.

"아무래도 그렇지? 자리를 옮겨야겠네."

"아, 하지만…… 별일 아닐 수도 있어요. 그저 범죄자 하나 죽은 건데요."

"그저가 아니야. 그게 얼마나 힘든 일인데. 그게……. 아니다. 이따 설명해 줄게."

교도소 안에서 살인이 벌어졌는데 만일 진짜로 개인 간의 욱하는 감정에서 생긴 사고가 아니라면 외부의 압력으로 인한 살인일 수도 있다.

그런데 교도소라는 공간은 철저하게 관리되는 공간이다.

대한민국에서 공권력이 공간 자체를 가장 강력하게 지배하는 공간이 교도소다.

그런 곳에서 우연히 사고로 인해 살인이 벌어진다?

"음…… 이따가 저녁때 따로 볼 수 있을까?"

"어디서요?"

"내가 아는 사람의 사무실이 제법 안전한데 말이지."

오광훈은 눈을 번득이면서 말했다.

⚖️

"그래서 내 사무실로 쳐들어오셨다?"

"그래. 여기만큼 안전한 곳은 없잖아?"

"아니, 그건 그렇긴 한데……."

새론은 주기적으로 감시 카메라나 도청 장치가 있는지 계속 확인한다. 더군다나 비밀 이야기를 하는 공간은 따로 있는데, 그곳은 철저하게 방음벽으로 만들어져서 외부에서는 절대로 안에서 오가는 대화를 들을 수 없다.

"그리고 이게 사실이라면 도움이 좀 필요할 수 있어서."

"도움이 필요하다고?"

"사고일 수도 있지."

오광훈은 조용히 목소리를 낮추며 말했다.

"하지만 내 경험상 교도소에서 사고가 일어날 가능성은 거의 없어. 아니, 불가능하지."

오광훈의 말에 노형진은 잠깐 침묵을 지켰다.

확실히 오광훈의 이전 생애를 알고 있는 노형진으로서는 무시할 수 없는 말이었다.

"왜 그렇게 생각해?"

"교도소는 방이 딱 두 종류야. 혼거실 아니면 독거실."

혼거실은 여러 사람이 모여서 생활하는 공간이고, 독거실은 혼자서 생활하는 공간이다.

이 중 독거실은 독방과는 구조가 다른데, 독방이 아무것도 없는 좁은 방인 반면 독거실은 일종의 원룸 같은 공간이다.

"그런데?"

"그런데는 무슨 그런데야. 독거실이야 명백하지. 그 안에서 누굴 죽이겠냐? 스스로를 죽일 수도 없는 공간인데."

즉, 살인이 터진다면 그건 혼거실, 그도 아니라면 작업장이라는 거다.

"혼거실에서는 불가능해. 일단 교도관이 계속 감시하고 주기적으로 진짜 싹 다 털거든."

교도소 안에 미허가 물품을 반입하려고 하는 건 뭐 하루이틀 문제도 아니기에 교도관들은 주기적으로, 때때로는 비정기적으로 내부를 싹 다 털어서 혹여나 숨겨져 있을 위험

물품 또는 미허가 물품을 관리한다.

"영화에서처럼 포스터 뒤에 뭘 감추는 것 자체가 불가능하다고."

일단 한국의 교도소에서는 포스터같이 큰 게 허락되지 않을뿐더러 서양처럼 한 방을 두 명씩 쓰는 공간도 아니고, 개개인에게 할당되는 공간이 작기 때문에 서로가 감시 아닌 감시를 하게 된다.

"싸움이 나서 누군가를 죽일 것 같잖아? 그럼 죄수들이 가만히 있겠냐? 교도소 죄수방에서 그런 일이 터지면 연대책임이라고."

비명을 지르고 간수를 부르는 등 바로 난리가 나는 데다, 아무리 화가 나서 싸움이 붙었다 해도 주변에서 달라붙어서 저지될 거다.

"애초에 방장이라는 놈이 왜 있는데?"

"아, 그러네."

방장은 약간의 편의를 좀 더 보장받는 대신에 방을 관리하는 죄수다.

즉, 자신이 관리하는 방에서 살인이 발생하는 걸 가만히 구경만 하고 앉아 있지는 않을 거라는 소리다.

"그러면 작업장에서 죽였다는 소린데."

작업장에는 때때로 위험한 물건이 쓰이는 공간들이 있는데, 그곳에서는 사고로 살인이 터질 수도 있다.

"하지만 그 작업장이라는 곳도 아무나 가는 건 아니거든."

"그래?"

"그래. 가령 폭행 사범이나 살인범 같은 새끼들은 절대로 위험한 물건이 있는 작업장에는 못 가."

실제로 한국의 교도소에는 단순히 삽질만 하는 작업장만 있는 게 아니다.

일단 교도소에서 식사를 준비하거나 세탁하는 것도 교도소의 인원 중 일부를 뽑아서 하는 데다, 그거 말고도 교도소에서 물건을 만들어서 외부에 팔기도 한다.

"아, 그건 들어 본 적 있어."

"보라미몰이라고 하는데 하여간 중요한 건 그게 아니고, 그 작업장도 위험수를 분류해서 보낸다고."

주방처럼 칼이나 가위를 쓰는 공간에는 폭력 사범은 절대로 보내지 않는다.

실제로 보라미몰에 들어가면 대부분의 물건은 천 아니면 목공예품뿐이다.

그도 그럴 것이, 금속같이 단단한 물건을 자를 수 있는 물건은 위험한 데다가 길기 때문이다.

그나마 목공용 칼은 길이가 짧아서 위험성이 상대적으로 덜하기에 대부분의 상품이 목공품인 거고, 그마저도 아무리 지원해도 위험한 폭력성을 가진 수감자들은 거기가 아니라 위험하지 않은 곳, 즉 외부에서 삽질하는 공간이나 세탁같이 위험물 자체와 접촉할 일이 없는 곳에만 보낸다.

설사 위험물이 있는 곳에 잡범이나 경제사범같이 위험성이 떨어지는 놈들을 보내더라도 정해진 위치에 정해진 장비를 둬서 하나라도 사라지는 순간 티 나게 해 놓는 데다, 나올 때마다 온몸을 이 잡듯이 수색해서 절대 들고 나가지 못하게 한다.

"그리고 그런 곳에서 뭐? 간수는 놀아?"

일을 하다가 자리에서 이탈이라도 할라치면 온갖 지랄을 다 하는 게 간수들이다.

지금이야 수형자들에게 쌍욕을 하지는 않는다지만 언성이 높아지는 기미가 보이면 바로 경고가 들어가며, 그래도 수형자들에게 무시당하면 무력을 동원해서라도 제압한 뒤 위험 작업에서는 아예 배제해 버린다.

"그런데?"

"일단은 말이야, 죄수들끼리는 접점이 거의 없다고. 같은 방이 아닌 다른 방의 죄수에게 개인적인 감정을 가지는 건 거의 불가능해. 애초에 서로 만나지도 못하는데 뭐."

작업장에서 대화? 그런 건 가능하지 않다.

물론 잠깐잠깐 휴식 시간이 있기는 하지만 그건 사회에서처럼 밖에서 커피 한잔하면서 담배 한 대 물고 하하 호호 쉬는 시간이 아니다.

말 그대로 그냥 일만 하지 않을 뿐인 휴식 시간이고, 그 시간에 다른 죄수와의 잡담은 금지다.

"그런 상황에 욱해서 사고로 사람을 죽여? 말도 안 되지. 언성만 조금 높아져도 간수가 와서 찢어 두는데. 당연히 그냥 다짜고짜 죽였다는 건데, 누가 미쳤다고 교도소에서 그런 짓을 해?"

"흐음."

그 말에 노형진도 이상하다는 생각이 들었다.

그가 교도소의 자세한 삶을 아는 건 아니지만 확실히 그런 상황이라면 일반적으로는 원한을 품거나 할 일은 없어 보였다.

"더군다나 사람은 쉽게 죽지 않는다."

사람들의 제지를 받으면서도 상대방을 죽이기 위해서는 둘 중 하나여야 한다.

진짜 재수가 없어서 한 방 후려쳤는데 영 안 좋은 곳을 맞았든가, 아니면 진짜 작심하고 풀 파워로 후려쳤든가.

"어디서 사고가 난 건지는 모르지만 사람이 죽을 정도의 사고라면…… 글쎄, 내가 봐서는 말이 안 돼."

그 말에 노형진은 턱을 문지르다가 조용히 오광훈에게 물었다.

"넌 정리를 위한 살인의 가능성을 생각하는 거야?"

"불가능한 건 아니거든. 아예 없었던 일도 아니고."

그리고 그러기 위해서는 그 뒤에 있는 권력의 무게가 어마어마해야 한다.

이것이 법이다

최소한 교도소에서의 살인으로 인한 피해를 감수하고 그의 명령을 들을 정도의 권력은 가지고 있어야 하며, 동시에 그 현장에서 살인할 만한 의지를 가진 사람을 찾아야 한다.

　외부에서 사람을 보내서 죽인다? 그건 영화에서나 가능한 일이다.

　일단 외부에서 특정 장소로 사람을 입소시키는 게 거의 불가능한 데다가, 설사 입소시킨다 해도 잡범으로 들어갔다가 살인으로 죄목이 바뀌기 때문에 대부분의 조직원이 꺼린다.

　그리고 교도소 측도 바보가 아니라서 죄질별로 방을 구분해 두기 때문에 잡범으로 들어가서 표적에 접근하는 건 불가능에 가깝다.

　더군다나 다른 곳도 아닌 교도소에서의 살인?

　그런 일을 저지르면 괘씸죄로 형량을 풀로 두들겨 맞을 텐데, 이미 교도소 안이라 도망갈 수단 자체가 없다.

　"결국 종신형이나 사형을 선고받은 놈들이 해야 하는데, 그런 놈들은 특수 관리 대상이라니까?"

　그들은 위험 영역에는 절대로 데려가지 않는다.

　실제로 사형수는 아예 노역 자체를 못 한다.

　"영화처럼 교도소 안에서 살인하려면 있잖아? 살인을 집행할 놈의 일가족을 싹 다 죽일 정도의 힘이 없으면 불가능하다고."

　그런 경우는 둘 중 하나.

일가족을 다 죽이겠다고 협박받고 어쩔 수 없이 하든가, 아니면 남은 가족에게 막대한 돈을 주겠다고 회유해서 그들의 생계를 위해 어쩔 수 없이 하든가.

"홍보석 검사는 잘 모르는 모양인데."

"뭐가 걱정인지 알겠네."

홍보석 검사는 능력 있는 사람이기는 하지만 여자다. 그래서 군대라는 집단생활을 해 본 적이 없다.

노형진만 해도 들어 보면 대충 이해할 수 있는 건 군대라는 집단생활이 익숙하기 때문이다.

그렇다 보니 홍보석 입장에서는 뭔가 이상하다는 생각을 하면서도 그게 뭔지 정확하게 짚어 내지 못하는 것이리라.

"한번 들어 봐야겠네."

확실히 이 정도 되는 사건이라면 오광훈이 필요 이상으로 경계할 만하다.

교도소 내부에서의 살인을 지시할 정도의 힘이라면 검찰이나 법원을 지배할 힘도 있을 테니까.

"조용히 이야기해 보자."

노형진은 고개를 끄덕거렸다.

잠시 후 홍보석이 합류하자, 세 사람은 안전한 회의실로 들어가서 대화를 시작했다.

"살인이 일어난 장소가 어디입니까?"

"주방요."

"그래요?"

"네."

그 말에 노형진은 오광훈을 돌아보았다.

그나마 잘 아는 사람이 오광훈이니까.

"주방이면 가장 위험한 도구가 많은 곳이라서 진짜 모범수만 보내. 가장 위험한 곳이니까."

"아, 오 검사님, 아세요?"

"아, 뭐, 좀 알아. 거기에는 위험한 물건이 많으니까."

칼이 넘쳐 나고 대형 고기 절단기 같은 것도 있기 때문에 진짜로 위험한 인간은 보내지 않는다.

냉동육을 자르는 절단기 같은 건 잘못 쓰면 사람 죽이는 건 진짜 한순간이니까.

작업이 끝난 후에는 진짜 작은 금속 하나라도 빼 갈까 봐 일일이 몸수색을 하고 돌려보내는 곳이 바로 주방이다.

"보통 주방에는 진짜 모범수나 출소까지 얼마 남지 않은 잡범을 보내는데……."

"네, 실제로 살인한 사람도 일단 기록상으로는 모범수예요. 출소도 얼마 남지 않았고요."

홍보석은 오광훈의 말에 동의하면서 고개를 끄덕거렸다.

그 말에 노형진은 호기심이 생겼다.

"그러면 죽은 사람은요?"

사실 이런 사건에서는 피해자의 신분도 중요하다.

왜냐하면 오광훈의 말대로라면 뭔가를 감추기 위해 죽였다는 건데, 그 말은 피해자도 결국 모범수 아니면 출소가 얼마 남지 않은 잡범이라는 소리니까.

중요한 사건의 증인이나 관련자라면 위험한 주방으로 보낼 가능성은 그다지 크지 않다.

"일단 음주 운전으로 들어왔어요. 모범수고요."

"음주 운전이라고요?"

"네."

정확하게는 음주 운전으로 사람을 쳐서 과실치상의 죄를 저지른 것이었다.

추돌로 인해 피해자의 두 다리가 부러져서 징역 6개월 형을 선고받았다고.

"웬일로 집유가 안 떨어졌네요?"

"무면허였거든요. 사고 2개월 전에 음주 운전으로 걸려서 면허가 취소되었어요."

"얼씨구?"

그 말에 노형진은 혀를 끌끌 찼다.

하긴, 음주 운전은 버릇에 가까운 거다. 그래서 자신도 모르게 음주 운전을 하는 사람들이 제법 많다.

"그래서 집유가 안 나왔군요."

두 다리가 부러진 것은 장애가 남을 정도의 후유증은 아니었다.

다만 수술이 필요했고 재활 기간이 상당히 길었기 때문에 중상해로 분류되어서 징역으로 결정된 것.

　"합의가 된 모양이네요."

　"네. 뭐, 어렵지 않게 합의는 된 모양이에요."

　"그러니까 징역 6개월이 나왔겠지요."

　딱히 문제가 있어 보이는 판결은 아니었다.

　아마 면허 취소 상황이 아니었다면 집행유예가 나왔을 가능성이 크다.

　"그런데 왜 죽였다고 합니까?"

　"그냥 전부터 트러블이 있었다는 것 말고는 가해자가 아무런 말도 안 해요."

　"흠."

　노형진은 그 말에 턱을 문질렀다.

　확실히 이상한 부분이기는 하다.

　출소가 얼마 남지 않은 모범수가 사람을 죽이고 나서 별다른 변명도 하지 않는다?

　"살인 방식은요?"

　"칼로 찔렀어요. 그런데 위치가 안 좋았죠."

　칼로 찔렀는데 간을 건드렸다.

　정확하게는 간의 혈관을 건드렸고, 현대 의술로는 간의 혈관을 봉합할 방법이 없다.

　그런데 간은 사람 몸의 모든 독소를 해독하는 기관.

간이 제 기능을 하지 못하면 사람은 절대로 살지 못한다.

"그래서 과다 출혈로 인해 사망했어요."

"간이 망가진 거라면 오래는 못 살았을 것 같기는 한데."

말 그대로 욱해서 찌른 거고 하필이면 위치가 좋지 않아서 사망으로 이어진 상황.

"교도소에서도 정황상 사고가 맞다고 생각하고 있기는 해요."

"하지만 검사님은 뭔가 이상하다고 생각하시는 거군요."

"뭔가 꺼림칙한데 오 검사님이 요즘 같은 때야말로 사건을 덮기 좋은 때라고 하셔서요."

"걸리는 게 있습니까?"

"피해자 말이에요, 음주 운전으로 사고가 났잖아요?"

"그랬죠."

"그런데 이미 면허가 취소되어서 차가 없었거든요."

"음? 자차가 아니었습니까?"

"네."

실제로 음주 운전에 걸려서 면허가 취소된 사람들은 자차 운전을 못 하기 때문에 차를 팔아 버리는 경우가 종종 있다.

"그러면 그 차는요?"

"친구 차라고 하더라고요."

"그럴 수도 있죠."

친구에게 면허가 취소된 걸 말하지 않았다면 친구 입장에서는 별생각 없이 빌려줄 수도 있는 일이니까.

"그런데 그 친구가 좀 질이 안 좋은 사람이에요."

"질이 안 좋은 사람?"

"네, 공흥구라고……."

"공흥구? 그 클럽 나인나인의 공흥구?"

그 말에 오광훈이 예민하게 반응했다.

노형진은 그런 오광훈의 말에 뭔가 촉이 왔다.

"네가 아는 사람?"

"아는 사람이지."

그러나 그가 아는 사람이라는 게 단순히 검사로서 아는 사람이라는 의미는 아닐 것이다.

"선배님도 아세요?"

"뭐, 악연이 좀 있다고 해 두지."

슬쩍 손을 흔드는 오광훈.

그걸 보면서 노형진은 확신했다. 그 공흥구라는 인간은 오광훈이 다시 살아나기 전에 알던 사이라는 걸.

"그래서 그 인간이 뭐가 문제인 건데?"

"공흥구가 운영하는 곳이 어디냐면, 클럽 나인나인이라고……."

"저도 나인나인은 알아요. 강남에서는 유명하죠."

심지어 클럽에는 관심도 없어 보이는 홍보석도 들어 본 적은 있다는 곳.

한국에서 가장 비싸고 가장 화려한 클럽 중 하나다.

그저 어설프게 규모가 좀 있는 건물에 클럽이 들어선 게 아니라 청담동 한복판에 클럽 건물을 차려 놨다.

"입장부터 엄청나게 까탈스럽다고 하던데요?"

보통 클럽에서 여자에게는 소위 '입뺀'이라고 하는 입장 거부를 안 한다.

왜냐하면 여자가 많아야 남자 손님도 많이 오기 때문이다.

하지만 나인나인은 여자의 얼굴과 몸매를 보고 입장을 결정한다.

그래서 거기에 들어가려면 예쁜 여자라고 해도 풀메이크업으로 꾸미고 가야 한다고 한다.

"거긴 남자도 쉽게 못 들어가."

"맞아요. 규정이 그래요. 철저하게 회원제로 굴러가요."

심사를 통해 손님으로 인정할 만한 사람인지를 확인한 후에야 받는다는 거다.

"그래도 나도 거기에 못 들어가진 않을 것 같은데?"

노형진은 돈도 많고 사회적인 능력도 있다. 미다스와 마이스터의 대리인이라는 직함은 한국이 아니라 전 세계를 쥐고 흔들 정도의 권력을 가지고 있는 자리다.

"아, 물론 칼같이 20대 이상 출입 금지 같은 거라면 방법이 없지만."

노형진은 어깨를 으쓱하며 말했다.

확실히 그런 거라면 답이 없기는 하다.

하지만 돌아온 대답은 그런 예상과는 좀 달랐다.

"아니, 그런 거라면 그나마 편하지. 넌 다른 것 때문에 못 들어가. 거기에는 40대도 많이 가는데 뭘."

"뭐가 문제인데?"

"이미지가 너무 깨끗해."

"응?"

그게 무슨 소리란 말인가?

상식적으로 이미지가 좋다고 클럽에 입장하지 못하는 게 말이나 된단 말인가?

"거기는 철저하게 초대 형식으로 굴러가. 그리고 초대하는 기준은 둘 중 하나지."

첫 번째는 이 사람이 클럽에 어울리는 손님인지 자체적으로 판단해서 초대장을 발송하는 것.

그러나 그런 식으로 운영한 것은 나인나인이 개업했던 초기의 잠깐뿐이고, 지금은 드물다고 한다.

한다고 해도 예상하기로는 매년 열 명 내외일 거라고.

"나머지 하나는 다른 회원의 추천을 통해 심사한 후에 받아들이는 거지."

추천만으로는 안 된다. 추천을 받은 후에 그 추천에 따라 다시 심사하는 것이다.

"그냥 적당한 사람에게 날 소개해 달라고 하면 되는 거 아니야?"

"그게 안 된다니까. 그 나인나인 손님이라는 새끼들 중에 뒤가 구린 놈들이 좀 많아."

오광훈의 말에 홍보석 검사도 안다는 듯 고개를 끄덕거렸다.

"나인나인의 손님들을 보면 유명 연예인부터 재벌 또는 성공한 사업가 등등이 많아요. 사실 그게 불가능한 건 아니죠. 그런데……."

"그런데?"

"문제는 대부분 질이 안 좋다는 소문이 얽혀 있거나 실제로 사회에서 문제를 일으킨 놈들이라는 거예요."

"사회에서 문제를 일으킨 놈들?"

"네, 폭행 사건이라거나 마약 사건이라거나."

그 말에 노형진은 뭔지 알 것 같았다.

부자들만을 위한 프라이빗 한 클럽.

그리고 철저한 추천 제도에, 추가로 이루어지는 심사까지.

"너는 돈이나 인맥이 문제가 아니라 이미지가 너무 좋아."

"그러니까 내부 고발을 할 가능성이 있어 보이는 사람은 받아 주지 않는다 그거네?"

"네, 정확해요."

경찰도 바보가 아니다. 그런 프라이빗 한 클럽이 부자들의 범죄의 창구로 이용된다는 것 정도는 알고 있기에 어떻게 해서든 파고들려고 했다.

하지만 방법이 없었다.

"들어가고 싶어도 경찰을 추천해 줄 만큼 좋은 재벌은 애초에 그곳의 회원이 못 되니까요."

소문에 따르면 인성 좋은 극히 일부 재벌가 도련님들은 추천받는 데에는 성공했지만 내부 심사에서 걸러졌다고 한다.

"아마 대룡 손자도 그럴걸."

"뭐? 그건 나도 처음 들어 보는 말인데?"

"뭐, 물어보면 되는 거겠지. 너 친하잖아."

"그래도 여자는 들어갈 수 있다면서? 예쁜 여자 경찰이 빡세게 꾸미면 입장 가능하지 않아?"

그 말에 홍보석은 고개를 흔들었다.

"일단 입장은 가능하죠. 하지만 3층으로 올라가는 건 전혀 다른 문제예요."

"3층?"

"네."

1층은 일반 플로어라고 한다. 그래서 그냥 다른 클럽처럼 놀고 마시는 분위기라고.

일반적인 클럽처럼 거기에 마음에 드는 여자가 있으면 남자가 꼬셔서 2층에 있는 룸으로 데리고 가서 노는 그런 곳이다.

"딱 한 번 우리 쪽 직원이 올라가는 데 성공했는데, 그냥 술만 마시고 별것도 없었대요."

부자들이 있고 여자들을 데리고 왔을 때 벌어질 수 있는 수많은 가능성, 성범죄, 마약, 폭행 등등은 전혀 없었고 그냥 평범하게 놀았다고 한다.

물론 클럽이라는 공간의 특성상 약간의 스킨십 정도는 있었지만 딱 거기까지.

"그리고 그 여경이 다시 방문했을 때에는 입뺀 당했어요."

"입뺀을 당했다고요?"

"네. 한번 들어갈 수 있을 정도로 외모에 자신 있는 사람이었고, 경찰 내부에서도 들어갔다는 말에 무리해서 강남 고급 미용실에서 화장까지 시켜서 보낸 거니까 외모에서 밀린 건 아닐 거예요."

"뒤를 캔 걸 거야."

오광훈은 그 말에 어깨를 으쓱하며 말했다.

"뭐, 방법이야 많지. 클럽 내부에서 전화번호를 주고받았을 테니까."

"음……."

즉, 2층에 올라온 여자에 대해서는 나중에 다시 한번 신상털이를 한다고 추측된다는 거다.

그거 말고는 갑자기 입뺀을 당할 이유가 없었다.

"저희는 3층 이상에서 뭔가 불법적인 행위가 벌어지고 있을 거라 예상해요. 실제로 지하 주차장에서 3층으로 올라가는 엘리베이터가 따로 있기도 하고요."

심지어 지하 주차장의 1층과 2층은 지상 3층 이상 손님 전용이라고 한다.

"가지고 놀아도 문제가 안 되거나 위험하지 않은 사람만 골라서 3층 이상으로 바로 입장시킨다 이건가?"

"맞아요."

"그러면 사망자의 직업은 뭔데?"

공흥구는 여러모로 의심스러운 자이지만, 그의 차를 몰고 음주 운전 사고를 냈다고 해서 그것이 교도소에서 죽어야 할 이유가 되지는 않을 것이다.

위험을 감수하고 교도소 내부에서 죽여야 할 정도라면, 피해자가 뭔가 위험한 걸 알고 있었다는 소리다.

"회계사예요."

"네? 회계사요?"

"네, 나인나인의 회계 팀 팀장요."

그 말에 노형진은 고개를 흔들었다.

가장 위험한 정보에 접근할 수밖에 없는 자리에 앉아 있던 남자라…….

"우연 같지는 않네요."

"내가 봐도 우연 같지는 않네."

노형진과 오광훈은, 직감적으로 이 사건의 뒤에 누군가 있다고 느낄 수밖에 없었다.

⚖

　노형진은 홍보석을 보낸 후에 오광훈과 따로 이야기하기로 했다. 오광훈은 공흥구에 대해 좀 아는 눈치였으니까.

　"공흥구가 어떤 사람인지 잘 알아?"

　"알지. 내가 살아 있을 때도 활동하던 놈이니까. 지금처럼 거물은 아니었지만."

　"어떤 놈인데?"

　"야쿠자와 밀접한 관계가 있는 놈이야."

　"야쿠자?"

　노형진은 깜짝 놀라서 되물었다.

　"그래. 이 바닥에서는 흔하지 않은 지략파에 속하는 놈이지. 우리 파벌은 아니었지만 안양 일대에서는 제법 세력을 넓히던 신세기안양파에 속했던 놈이야."

　오광훈은 과거의 기억을 더듬으며 말했다.

　"내 기억이 맞다면 내가 죽을 때는 부두목쯤 되었었지, 아마?"

　"그런데 지금은 이렇게 성공했다고? 신세기안양파? 그곳은?"

　"와해된 것 같더라고. 뭐, 이해 가기는 하는데."

　안양의 유흥가는 다른 도시에 비해서도 절대 작은 곳이 아니다. 도리어 주변의 도시에 비하면 상당히 큰 편.

이것이法이다

그 때문에 큰 조직이 생기기 쉬운 구조였는데, 그 자리를 차지한 게 바로 신세기안양파였다고 한다.

하지만 크다는 것은 반대로 말하면 표적이 되기도 쉽다는 것.

"그래도 네가 기억할 정도라면 뭔가 특출난 게 있는 모양이네?"

"기억할 수밖에 없지. 내가 뒈진 간접적인 이유가 그 새끼, 아니 신세기안양파니까."

"뭐?"

"신세기안양파는 마약을 취급했거든."

그리고 오광훈은 마약 취급을 거부했었다.

부하들의 배신으로 살해당한 것은 그 때문이었다.

"신세기안양파에서 마약을 뿌리는 걸 본 부하 새끼들이 돈에 눈이 돌아간 거라서 말이지."

"하지만 단순히 그것만 아는 건 아닌 것 같은데?"

그런 거라면 굳이 홍보석을 보낸 후에 이야기할 이유가 없다. 그냥 과거에 신세기안양파였다고 말하는 정도로도 충분한 정보가 될 테고, 그게 홍보석에게 문제를 일으키지는 않을 테니까.

그런데 굳이 오광훈이 홍보석이 없는 자리에서 입을 열었다는 것은 홍보석에게는 말할 수 없는 뭔가가 있다는 거다.

"문제는 그놈의 뒤에 있는 사람이지."

"누군데?"

"공광태."

"그게 누군데?"

"하긴, 그 이름은 들어도 모르겠구나. 한국 이름이니까."

"한국 이름?"

"정확하게 말하면 얀지 카미치로라는 놈이야. 일본에서 제법 큰 조직을 운영하는 야쿠자의 보스지. 정치권과 북한까지 선이 닿아 있는 놈이야."

"북한?"

뜬금없는 말에 노형진은 고개를 갸웃했다. 여기서 갑자기 왜 북한이 나온단 말인가?

하지만 그다음 말은 더 가관이었다.

"그리고 한국 정치권과도 아주 밀접한 관계를 가지고 있어. 극우 세력의 한국 공략의 첨병이라고 할까?"

"뭐, 그런 건 알겠네. 일본이야 그렇다고 치자. 어차피 일본의 야쿠자가 정치권과 선이 없다는 게 더 이상한 말이니까. 그런데 웬 북한?"

"너도 알지? 북한에서 자력갱생…… 그게 맞나? 하여간 돈 좀 벌어 보겠다고 마약 키우는 거."

"이 경우는 자력갱생이라기보다는 외화벌이가 목적이라고 하는 게 맞겠지만 설마……?"

노형진의 표정이 대번에 굳어졌다.

이것이법이다

그럴 수밖에 없는 게 이 세 국가가 하나로 묶여서 움직일 만한 것, 그건 하나뿐이었으니까.

"북한에서 마약을 들여오는 거냐?"

"맞아."

얀지 카미치로는 북한에서 생산한 마약을 일본으로 들여온 다음 일본에서 다시 한국으로 판매해 막대한 수익을 벌고 있었던 것이다.

"그 사실은 어떻게 안 거야?"

"공흥구 그 새끼가 술에 취해서 입을 털었지. 그 새끼가 의심스러워서 작정하고 퍼먹였거든. 우리 지역에 마약 뿌리고 싶어서 혈안이 되어 있었으니까 안면을 트는 건 어렵지 않았어."

하지만 그 당시 오광훈은 칼같이 거절했고 그 후로 관련 이야기는 들려오지 않았다는 것.

"그래도 의외네, 고작 행동대장이 그런 걸 알고."

"고작? 그런 거였다면 다행이다. 내가 아까 말했지?"

오광훈은 코웃음을 치면서 말했다.

"진짜는 이제부터야."

"뭐가 더 있다고?"

"공광태와 공흥구가 성이 같잖아. 공씨가 한국에서 흔한 성은 아니잖아? 한국에서도 안 흔한데 일본에서는 흔하겠냐?"

"아, 그러네. 설마 부자지간?"

"맞아, 부자지간이지. 한국에서 공흥구가 자리 잡을 수 있게 공광태가 여러모로 손을 썼어."

"의외네."

공광태는 얀지 카미치로라는 이름을 가지고 있다. 그건 즉 일본인이라는 소리다. 정확히는 재일 한국인이겠지만.

"그런데 자기들이 보호하는 일본에서 자리 잡게 하지 않고 굳이 한국으로 보냈다고?"

한국에서 자리 잡은 뒤 마약의 유통량을 늘리는 게 최종 목적일 수야 있겠지만 그런 일에 굳이 아들을 보낼 필요는 없다.

한국에 와서도 끝끝내 신세기안양파에서는 부두목밖에 못 했으니까.

일본의 야쿠자의 규모를 생각하면 어떻게 보면 자존심이 상하는 일이다.

"노노노. 진짜 비밀은 그게 아니야."

"뭐? 그러면 비밀이 뭔데?"

"난 공광태가 재일 한국인이라고 했지, 남한 사람이라고 는 안 했다."

그 말에 노형진의 얼굴이 굳었다.

확실히 재일 한국인이라는 말은 일본에 있는 한국인이라 는 뜻으로, 어떻게 보면 북한도 그 안에 포함된다.

정확하게는 '조총련계'라는 표현이 맞겠지만.

"설마……?"

"공광태는 단순한 야쿠자 보스나 그냥 자리를 잘 잡은 일본의 조총련계 두목이 아니야. 북한 소속의 공작원이지."

"미친!"

그 말을 들은 노형진의 눈이 크게 떠졌다.

하지만 생각해 보면 당연한 일이다. 그게 아니라면 그 살벌한 북한에서 어떻게 마약을 빼낸단 말인가?

"그런데 왜 한국으로 아들을 보낸 거야?"

"공식적으로는 믿을 만한 사람을 보낸 거지만, 너도 알잖아. 북한 소속 애들은 여차하면 파리 목숨이라는 거."

"아!"

즉, 공광태는 마약을 핑계로 자신의 아들을 한국으로 보내 자리 잡게 함으로써 북한의 마수에서 벗어나게 하려고 조치한 거라는 소리다.

"기가 막히네, 진짜. 그걸 어떻게 안 거야?"

"그놈이 술에 취해서 나불거렸으니까. 그리고 말이야, 애초에 서울에서 마약을 파는 건 뒷배가 없으면 불가능하다고. 좀 가난한 동네나 그저 그런 동네라면 그래, 뭐 짭새, 아니 경찰들이 귀찮아하니까 어떻게 벗어날 수도 있겠지. 그런데 강남에서 마약을 팔아? 뒷배가 있지 않고서야 다음 날이면 산 채로 껍질이 벗겨질걸."

"끄응…… 이런."

이러면 문제가 진짜 심각해진다.

북한과 일본 그리고 한국까지 묶인 국제적 문제가 되어 버리니까.

"아마 그 나인나인의 자금도 일본에서 온 걸 거야. 자금 세탁용 업체일걸. 그리고 너도 알잖아. 요즘 야쿠자들 상황이 안 좋아."

"상황은 알겠네."

일본 정부는 야쿠자를 없애기 위해 노력하고 있는데, 특히 조총련계 야쿠자들의 박멸에 최선을 다하고 있다.

"그걸 정부에서 모르고 있다니."

그 말에 오광훈이 코웃음을 쳤다.

"모르겠냐?"

"뭐?"

"최소한 국정원은 알아. 그래서 위험한 거고."

그 말에 노형진은 저절로 미간에 주름이 생길 수밖에 없었다.

이것이 법이다

내부의 폭탄

"그럴 수도 있네."

노형진은 이 문제에 대해 그나마 알 만한 사람을 찾아갔다. 그건 다름 아닌 김성식이었다.

물론 송정한도 정치인이니 내부의 일을 알 수도 있겠지만 보통 이런 더럽고 어두운 부분은 국회의원에게 알려 주지는 않으니까.

하지만 중수부장이었던 김성식이라면 국회의원도 알지 못하는 은밀하고 정치적인 사건을 많이 봤을 것이다.

"아니, 왜요?"

"목적이야 여러 가지가 있을 수 있지."

정치적인 목적으로 결정적인 순간에 터트리기 위해 쥐고

있다든가, 아니면 권력자들 사이에 암묵적인 거래가 있었을 수도 있고, 아니면 공광태가 이중 스파이일 수도 있고.

"이중 스파이요?"

"불가능한 건 아니지. 자네가 모를 뿐이지, 한국에 내려와서 변절한 북한 측 스파이는 생각보다 많다네."

북한에서 온갖 정치적인 세뇌를 받았다고 해도 남한으로 건너와서 그 모든 게 거짓말이라는 걸 알았을 때 받는 충격을 없앨 수는 없다.

당장 한국에서는 매일같이 거지가 굶어 죽는다고 교육받았는데, 실제로는 거지가 굶어 죽기는커녕 음식이 남아서 가져다 버리고 있으니 그 사실을 안 북한 스파이는 과연 어떤 기분이겠는가?

"그러다 보니 실제로 일부는 변절해서 이중 스파이로 살지. 자네 말대로 한국으로 자식을 도피시킬 정도라면 이중 스파이라고 보는 게 맞겠군."

"아, 그럴 수도 있겠군요."

아무리 마약을 뿌린다는 핑계로 한국에 자식을 보낸다고 해도 그 사실을 북한 당국이 모를 리는 없다. 그리고 한국 정부가 모를 리도 없을 것 같고 말이다.

그렇다면 이중 스파이가 맞다고 봐야 한다.

"그런데 북한에서 그걸 살려 둡니까?"

"이중 스파이라는 걸 모르는 거겠지."

어찌 되었건 한국에 마약을 뿌리는 건 한국에 대한 사보타주 행위.

거기다 한국에서 벌어지는 마약의 대대적인 수사의 특성을 생각하면 진짜 믿을 만한 사람을 보내는 건 잘못된 선택이 아니다.

"거기다가 북한은 여러모로 사정이 안 좋으니까."

거기서는 돈만 벌 수 있다면 뭐든 하는 상황이다.

국가에서 위조지폐를 만들어서 팔기도 하고 심지어 마약 거래까지 하는 판국이다.

이중 스파이로 의심된다고 해도 일단 확실한 증거가 있는 게 아닌 이상 공광태가 벌어 주는 어마어마한 외화가 더 소중할 것이다.

"자네가 모를 뿐이지, 의외로 변절한 스파이에 대해 알면서도 모른 척하는 경우도 많다네. 돈만 된다면 말이야."

"그 정도입니까?"

"어차피 변절한 스파이라는 걸 안 이상 얻을 수 있는 정보는 없지 않나?"

"아, 그건 그렇지요."

변절한 스파이라면 그가 보내 주는 정보는 믿지 않으면 그만이고, 어차피 스파이라 내부 정보에 대해 잘 아는 것도 아니니 흘릴 정보도 많지 않을 테니까.

그 상황에서 돈을 두둑하게 얻을 수 있다면 경제 상황이 안 좋은 북한 입장에서는 차라리 모른 척하는 게 나을 수도 있다.

'하긴, 변절한 스파이를 죽이기 위해서는 또 다른 스파이를 보내야 하니까.'

그리고 그 또한 발전한 한국의 모습에 충격을 받아서 변절하지 말라는 법은 없다. 실제로도 그런 사건이 없었던 것도 아니고 말이다.

"결국 공광태는 변절한 이중 스파이라고 봐야겠네요?"

"상황을 봐서는 그럴 가능성이 높군."

"하지만 그렇다고 해도 나인나인을 그냥 두는 건 이상한데요."

오광훈의 말대로라면 나인나인은 누가 봐도 범죄를 저지르는 집단이다. 아마도 그 안에서는 마약이나 온갖 성범죄가 저질러질 가능성이 크다.

"그런데 그걸 그냥 놔둔다니……."

그 말에 김성식은 쓰게 웃었다.

"자네가 잘 몰라서 그러네. 재벌가가 말이야, 너무 깨끗하면 도리어 정부에서 컨트롤하기 힘들어."

"네?"

"자네만 봐도 알지 않나?"

"아!"

당장 노형진을 정부에서 컨트롤하려고 했던 시도가 없었

을까?

아마 거의 매년 불법 사찰이 이루어졌을 거다. 어쩌면 지금도 감시가 이루어지고 있을지도 모르고 말이다.

심지어 없는 죄를 만들어서 노형진을 감옥에 넣으려고 했던 시도도 있었다.

"깨끗한 재벌. 이미지는 좋지. 하지만 정부 입장에서는 악몽이나 마찬가지일 거야."

대한민국은 독재국가가 아니다. 과거처럼 마음에 들지 않는다고 납치해서 고문하고 죽여서 산에 묻어 버리거나 바다에 버릴 수는 없다.

결국 가장 좋은 방법은 뇌물을 미끼 삼아 컨트롤하는 거다.

"설마……?"

"최고의 선택이지."

자식을 감옥에 보내고 싶은 사람은 없으니까.

자식이 병신 짓을 할수록 정부에서는, 아니 정확하게는 국정원에서는 상대방을 컨트롤하기 쉬워진다.

"국정원의 특성상 공개되지 않은 작전을 하는 경우가 제법 많지. 그리고 때때로 그런 작전에는 적잖은 돈이 든다네."

그 말에 노형진은 입술을 깨물었다.

'불가능한 일은 아니지.'

그만 해도 자신이 미다스임을 아는 CIA와 손잡고 있지 않은가?

CIA는 노형진이 미다스라는 신분을 감출 수 있게 적극적으로 도와주고 그걸 위한 수많은 작전을 해 주고 있다.

그 대신에 노형진은 투자와 관련된 정보를 제공함으로써 CIA가 조직을 운영하는 데 보탬이 되는 수익을 비밀리에 창출할 수 있도록 도와주고 있다.

CIA도 그러는데 한국의 국정원이 그러지 말라는 법은 없다.

"허."

"자네도 알지 않나, 어떤 범죄는 못 없애는 게 아니라 안 없애는 거라는 걸."

"그건 그렇지요."

못 없애는 게 아니라 안 없앤다. 이건 실제로 적잖이 벌어지는 일이다.

이권이 걸려 있든, 아니면 사건을 수사하는 게 귀찮든 말이다.

"자네가 나인나인을 건드리려고 한다면 국정원을 건드리게 될 거야."

노형진은 그 말에 눈을 찡그렸다.

"이런 것에 대해 알 만한 사람이 있습니까?"

"없다고 봐야지. 자네도 알지 않나? 국정원에서는 철저하게 사람을 세뇌시키지. 양심선언? 그런 건 불가능하지."

이것이 법이다

실제로 과거에 국정원에서 양심선언을 하려고 한 사람이 없었던 것은 아니다.

하지만 그들은 알게 모르게 모조리 살해당했다.

"자네도 알지 않나? 러시아에 홍차가 있다면 한국에는 마티즈가 있다네."

"무슨 뜻인지 알겠습니다."

"상식적으로 아무리 권력이 강하다고 해도 강남, 그것도 제일 비싼 땅인 청담동 한복판에서 마약을 파는 건 쉬운 일이 아니지."

'확실히 그렇기는 하지.'

오광훈도 그러지 않았던가, 서울에서 마약을 팔기 위해서는 뒷배가 없다면 불가능하다고.

특히 부자들을 대상으로 마약을 팔기 위해서는 뒷배는 필수라고.

"그게 국정원이라고는 생각도 못 했는데요."

"뭐, 마약을 직접 유통하지만 않으면 된다고 생각하겠지."

김성식은 질렸다는 듯 고개를 절레절레 흔들며 말했다.

"자네도 알다시피 난 검찰 중수부에 있었어. 중수부의 목적이 뭔가? 애초에 재벌가들의 범죄를 컨트롤하기 위해 만들어진 조직이 아니던가?"

"보통은 경제 범죄 위주 아닌가요?"

"그래도 온갖 정보가 다 들어오지. 그리고 사실 여기에는 어떤 고의성도 있다고."

"또 고의성이 있다고요?"

"그래, 재벌가 중에서도 선별하는 거지."

후계자 중에서 약점을 잡을 만한, 또는 충성할 만한 사람이 결정되면 나머지 자식들은 쳐 내야 한다.

노형진도 후계자 싸움에 끼어들어 봐서 알지만 그들의 행동은 잔인하기 그지없을 뿐만 아니라 극단적이기까지 하다.

심지어 후계자 경쟁에서 내몰린 사람의 아들은 그 사촌이 재벌가의 회장임에도 불구하고 굶어 죽은 적이 있을 만큼 말이다.

"설마?"

"맞아. 그중 가장 좋은 방법이 마약이지."

망하라고 사업 하나를 던져 줬는데 성공시키거나 내몰았는데 외부에서 성공해 버리면, 그때는 다시 자기 자리가 위험해질 수도 있다.

실제로 그런 경우가 아예 없는 것도 아니기 때문에 일단 후계자가 된 사람들은 어떻게 해서든 자신의 형제자매들을 파멸시키기 위해 노력한다.

그리고 그럴 때 가장 좋은 게 마약, 도박으로 엮는 거다.

일단 마약과 도박에 엮이면 회장이 크게 실망하는 데다가 그를 밀어줘야 하는 주주들도 끔찍하게 싫어하기 때문이다.

마약에 취해서 경영을 한다는 건 최소한 한국에서는 거의 용납받지 못하는 일이고, 무엇보다 도박 같은 건 거기에 빠져서 기업마저 넘길 수도 있는 일이기 때문이다.

"마약과 도박이라……."

그러면 이해가 간다.

철저하게 사람을 구분하여 초대하고, 그마저도 거르고 걸러서 받는다.

그리고 그 안에서 온갖 더러운 짓을 다 한다.

그런데 그걸 다 알면서 재벌가에서는 그냥 방치한다?

어떻게 보면 자기네 자식들의 인생을 박살 내는 곳인데?

"그런 비화가 있었던 겁니까?"

그리고 거기에 마약을 공급하는 게 바로 공흥구라는 거다.

"북한에 일본에 국정원에 후계자 경쟁까지, 이건 뭐……."

"누가 하나 입을 잘못 열면 진짜 여럿 죽어 나가는 거지."

일단 재벌가 자식들이 망가지는 건 둘째 치고, 후계자 경쟁을 위해 형제자매를 마약과 도박에 중독시킨 사실이 새어 나간다면 어떻게 될까?

거기다 그 모든 일의 뒤에 국정원이 있다는 사실이 드러난다면?

"피해자가 그곳의 회계사라고 했지?"

"네."

"회계사라는 직업은 그런 곳에서 핵심이라네. 아마 필요 이상으로 알았을 거야."

김성식은 보지 않아도 알겠다는 듯 나직이 말했다.

"그리고 그는 두 번이나 음주 운전을 했지."

"그게 위험 인자라고 생각한 겁니까?"

"술을 마시고 실수하는 놈이 어떤 헛소리를 할지 모르는 일이니까."

처음에는 실수라고 할 수 있다. 그런데 술에 취해서 조직 보스의 차를 끌고 나가 사람을 치어 버렸다.

그건 술을 마시면 자기 컨트롤이 안 된다는 소리다.

"범죄가 문제인 게 아니라 이거였군요."

"솔직히 합의된 음주 운전이 조직에서 문제가 될 건 없지."

징역 6개월. 분명 감수할 만한 시간이다. 큰 범죄에 엮여서 입을 털거나 하는 상황은 아닐 테니까.

"하지만 그가 아는 게 너무 많았다 이거군요."

"그래. 아마 나인나인도 알걸, 경찰에서 자기들을 노리고 있다는 걸."

그래서 위험을 감수하고 교도소에서 죽인 거다.

"어쩔 생각인가?"

"무시하기는 힘들 것 같네요."

엮인 곳이 많지만 그렇다고 해서 무시하기에는 나라를 좀먹는 규모가 너무 크다.

물론 재벌가 자식들이 마약을 하든 도박을 하든 그런 걸 굳이 찾아다니면서 처벌할 이유는 없다.

하지만 국정원이 사실상 대한민국을 뒤에서 조종하기 위한 기반을 갖추고 있다는 게 문제다.

'아직도 그 버릇을 못 고쳤나 보네. 아니, 어찌 보면 당연한 일인가?'

한때 최고의 권력기관으로 필요하면 국회의원도 납치해서 고문하고 죽여서 닭 모이로 뿌리던 집단이 그 권력을 되찾고 싶어 하지 않는다면 그건 거짓말일 거다.

"일단은 살짝 찔러보면서 반응을 봐야겠네요."

노형진은 그들이 누구든 방관할 생각이 없었다.

⚖

노형진은 일단 이번 사건에서 가해자와 피해자에게 집중하기로 했다.

의심만으로 뒤를 직접 공격할 수는 없으니까.

"피해자의 이름은 박소웅이라고 합니다. 그리고 가해자 이름은 김시원이라고 하고요."

홍보석은 노형진이 사건에 관심을 가지자 고개를 갸웃했다.

하지만 스타 검사들은 새론의 변호사들과 일하는 것에 딱히 거부감이 없었기에 그 사실을 감추거나 하지는 않았다.

게다가 이제는 변호사에게 자문을 얻을 수 있도록 내부 규정을 만드는 데 성공해서, 정당한 대가를 지불하면서 당당하게 자문을 구할 수 있었다.

"사건 이후에 진행된 건 없습니까?"

"없습니다."

"그 후에 김시원이 진술을 바꾼 적도 없고요?"

"네. 그냥 욱해서 죽였다고만 주장하고 있습니다."

"흠."

그 말에 노형진은 턱을 만지작거렸다.

확실히 말이 안 된다. 십수 년간 잘 살아오던 모범수가 갑자기 돌변해서 사람을 죽인다?

"김시원은 죄목이 뭐였죠?"

"현주 건조물 방화 치사입니다."

현주 건조물 방화 치사란 말 그대로 불을 질러서 사람을 죽였다는 소리다.

확실히 관대하기 그지없는 대한민국에서 15년 형이 나오려면 사람의 목숨이 연관되어 있어야 했을 거다.

"그런 강력 범죄는 주방에 못 갈 텐데?"

듣고 있던 오광훈은 고개를 갸웃했다.

사람을 죽이겠다고 불을 지른 놈이라면 위험 범죄자로 분류된다.

물론 보통 사람들이 생각하는 것처럼 흉기로 사람을 죽인 건 아니지만 그래도 사람을 죽였으니 주방에는 출입하지 못하게 해야 정상이다.

"아, 그게 과실치사였거든요."

"과실치사?"

"네. 사실 김시원의 당초 방화 목적은 사람을 죽이는 게 아니었습니다."

당초 목적은 보험금 수령이었다.

정확하게는, 자신이 소유한 건물을 불태워서 화재보험금을 수령하려고 했던 것.

그는 아버지에게서 오래된 건물 하나를 물려받았는데, 딱히 돈이 되는 것도 아니었고 자리가 좋은 것도 아니었다고 한다.

더군다나 건물 자체도 오래되어 낙후된 건물이라, 돈이 되기는커녕 오히려 상속세만 나올 뿐이었다고.

"그래서 머리를 쓴 거죠."

불을 내서 보험금을 수령하자.

아버지가 건물의 화재보험에 가입해 있었는데 그 기간도 제법 오래되었기 때문에 돈을 노리고 방화했다는 의심을 피할 수 있을 거라고 생각했단다.

"그런데 뭐가 잘못된 거죠?"

"가출한 청소년들이 거기로 몰려들었다는 거죠."

"이런."

"건물은 멀쩡했으니까요."

하지만 세입자는 거의 없다시피 한 건물.

돈 때문에 경비원도, 보안장치도 없었다고 한다.

그래서 여름에 비와 바람을 피해서 가출 청소년들이 거기로 모여들었다는 것이다.

"문제는, 그 사실을 김시원은 모른 거죠."

김시원은 단순히 건물을 태우고 돈을 받을 목적이었기에 내부에 사람이 있는지 확인도 하지 않고 불을 질렀다고.

그리고 그 안에 있던 가출 청소년들이 전원 질식사했던 것.

"그 사건으로 인해 거기에 있던 가출 청소년 여섯 명이 사망했습니다."

"여섯 명이라……. 그래서 무려 15년이나 나온 거군요."

아무리 과실로 죽인 거라지만 피해자가 무려 여섯 명이다.

그건 아무리 과실이라고 해도 선을 너무 넘은 거다.

"네, 그 후에 교도소에 들어왔고 모범수가 되었습니다."

과실치사에 모범수. 거기다 15년의 형기 중 남은 형기는 이제 8개월.

"그 정도라면 확실히 안전하다고 볼 수도 있겠네."

오광훈은 고개를 끄덕거렸다.

살인이라면 주방에 출입하는 게 불가능할 거다.

하지만 이건 사람을 죽이려던 게 아니라 불을 질러서 재산

적 이익을 얻으려다가 얼떨결에 죽인 거니 폭력성은 없다고
봐도 무방할 거다.

"그런데 그런 사람이 갑자기 짜증 난다고 사람을 죽인다
라……."

노형진으로서도 이해가 되지 않는 이야기였다.

곰곰이 생각하던 노형진은 오광훈을 힐끔 보았다.

"왜 그래?"

"너는 범죄자에 대해 잘 아니까 좀 이상한 게 있나 싶어
서."

"너도 사장에 대해서는 알잖아?"

"알지. 아는데…… 흠…… 이걸 말해야 하나."

"뭐가 있나요?"

"사실은……."

노형진은 고민하다가 결국 두 사람에게 모든 것을 말하기
로 했다.

대충 상황을 짐작하고 있던 오광훈은 딱히 놀란 표정은 아
니었지만, 홍보석은 그 말에 얼굴이 딱딱하게 굳어졌다.

단순 살인 사건이라고 생각했던 일이 생각지도 못한 큰일
이 되었기 때문이다.

"그게…… 사실입니까?"

"중수부장까지 역임한 김성식 대표님이 하신 말씀이니 황
당할 정도로 낮은 가능성은 아닐 수도 있습니다."

"충분히 가능한 일이야. 재벌가에서 하는 짓거리는 생각보다 더럽거든."

어깨를 으쓱하는 오광훈.

그런 오광훈을 보면서 홍보석은 눈을 찡그렸다.

"그래서 조심하라고 하신 건가요?"

"뭐, 우연인 것도 있고."

"그나저나 그런 문제라면 죽일 만하네요."

물론 배신의 가능성이 없는 건 아니지만 이미 그런 실수를 한 놈이라면 또 같은 실수를 할 수 있으니까.

그때는 음주 운전 정도로 그치지 않고 해서는 안 되는 말을 떠드는 문제가 발생할 수도 있고 말이다.

"그런데 군이 교도소에서 처리해야 했을까요?"

"생각보다 교도소에서 입 터는 놈들이 많거든. 범죄자들 중 상당수가 교도소에서 입 털었다가 나중에 꼬투리 잡힐 정도니까. 화성 연쇄 살인범도 그래서 꼬투리 잡힌 거잖아."

"아, 그랬죠."

실제로 혼거실에서 자기 범죄를 떠벌리는 놈들은 많다.

교도소의 특성상 범죄가 강력할수록 권력이 강해지는 경향이 있기 때문이다.

그래서 출소한 혼거실 동료의 신고로 범인이 잡히는 경우도 제법 많다.

"국정원에 재벌가에 북한에 일본에. 뭔 놈의 사건이 이렇게 복잡해?"

"현실이라는 게 때때로는 그렇게 녹록지 않지. 아직 확인하지 못하긴 했지만 실제로 위층에서는 도박도 이루어지지 않을까 싶은데."

아무리 후계자라고 해도 도박에 빠진 사람에게 회사를 넘겨주는 주주들은 없을 거다.

진짜 그랬다가는 회사가 통째로 판돈으로 올라갈 테니까.

"그러면 이걸 어떻게 해야 하지요?"

"일단은 규정대로 하나씩 조사해 가면서 확인해 봐야지요. 양파 껍질 벗기듯 말입니다."

점점 안쪽으로 들어갈수록 상대방은 예민하게 굴 게 뻔하다.

"규정대로다 이거군요."

"규정대로 한다는 건 생각보다 위협이 됩니다."

규정은 그냥 만들어지는 게 아니다.

때때로 규정이 발목을 잡을 때도 있지만 대부분의 범죄, 특히 부패 범죄의 경우에는 생각보다 강력한 구속력과 감시 능력을 가진다.

그러지 못한 경우는 그 규정이 제대로 작동하지 않은 것뿐이다.

"그러면 일단은 김시원을 만나서 이야기해 봐야 하나?"

"소용이 없을걸. 같은 말만 하고 있다면서?"

"네, 맞아요."

홍보석은 김시원과 이미 만나 봤다.

그런데 김시원은 어째서인지 자신이 죽인 게 맞다고, 그냥 욱해서 죽였다고 주장하고 있었다.

"이번에는 처벌이 강해진다는 걸 알면서도 그러네요."

사고라지만 이미 여섯 명을 죽인 사람이다. 그런 사람이 교도소에서 단순히 화난다고 사람을 죽였다?

그러면 못해도 무기징역은 나올 거다.

갱생의 여지가 없다는 소리니까.

"저라면 다른 쪽을 파 보겠습니다."

"다른 쪽요?"

"조직원을 들여보낼 수는 없으니 당연히 내부에서 희생양을 찾을 수밖에 없었겠죠. 이런 사건에서 피해자를 밖으로 빼낼 수는 없으니까요."

교소도 내부의 입소자를 외부로 빼는 것은 거의 불가능에 가깝다.

재판이 이루어지거나 가족 중에 사망자가 발생한 게 아니라면 말이다.

그리고 그렇게 밖으로 나온 상황에서 입소자가 죽어 버린다면 그건 그것대로 문제인 게, 일단 그 과정에서 살인이 터지면 그 책임은 몽땅 경찰이나 교정 당국이 져야 한다.

"하지만 내부에서 범죄자들끼리 싸우다 죽었다면 이야기

이것이법이다

는 달라지죠."

국민들의 입장에서는 모범수 여부와 상관없이 죄수들은 사회의 암적인 존재다. 그들이 서로 싸우다가 죽었다고 한들 국민들이 슬퍼할까?

아마 대부분의 국민들은 '잘 죽었다.'라고 생각할 테고, 그저 '교정 당국의 관리 소홀이 아쉽다.' 정도로나 말할 것이다.

"그렇다고 출소한 뒤에 누군가에게 살해당했다면 뭔가를 감추려는 것으로 보일 수도 있으니까요."

"그렇기는 하겠네요."

"그러니까 내부에서 죽인 걸 겁니다. 그리고 그러기 위해서는 김시원을 어떻게 해서든 컨트롤해야 했겠지요."

당연히 그 컨트롤은 교도소 내부가 아닌 외부에서 이루어졌을 것이다.

"그렇다면 그를 컨트롤하기 가장 좋은 게 뭐겠습니까?"

"가족이네."

오광훈은 코웃음을 치면서 말했다.

"보니까 가족 말고는 딱히 없을 것 같은데?"

"그렇지?"

"흠…… 한번 찾아봐야겠는데?"

오광훈은 눈을 반짝거렸다.

"이건 너랑 내가 하자."

오광훈이 노형진에게 하는 제안에 홍보석이 의문을 드러

냈다.

"네? 어째서요?"

"이미 홍보석 검사는 국정원의 감시 대상일 겁니다."

이번 사건을 담당하고 있는 사람이니까.

당연히 그들 몰래 움직이는 게 더 유리하다.

"뭐, 그렇지."

오광훈은 고개를 끄덕거렸다.

"이런 건 내가 전문이니까."

⚖

김시원의 가족을 찾는 건 어려운 일이 아니었다.

그들은 가족이 사는 자택으로 찾아갔다.

그곳은 반지하에 자리 잡은 작은 방이었다. 사실상 원룸이라고 봐도 무방한 곳.

"여기가 주소지 맞아?"

"맞아."

오광훈의 말에 노형진은 일단 우편함을 확인했다. 엄청나게 많은 독촉장이 쌓여 있었다.

"건물이 있다고 했는데?"

오광훈은 고개를 갸웃하며 말했다.

분명 사건 기록에는 건물에 불을 질러서 돈을 받으려고 했다고 적혀 있었다.

"그게 아직까지 있을 리가 없지."

"응? 어째서?"

"고의로 불을 낸 거잖아."

보험 사기를 치려고 고의로 불을 낸 사람에게 보험사에서 미쳤다고 돈을 주겠는가?

당연히 보험금은 나오지 않았을 거다.

더군다나 오래된 건물에서 사람이 죽을 정도로 불이 났다면 대부분의 경우 건물에 구조적인 문제가 생기기 마련이다.

최근 건물들도 그런데 화재 규정이 없던 과거의 건물들이야 더하면 더했지 덜하지는 않을 거다.

"그리고 그런 경우에는 건물을 통째로 날리는 거지. 거기다 형사는 형사고 민사는 민사야."

"아!"

건물은 날아갔고, 보험금은 못 받고, 사망한 여섯 명의 아이들의 민사적 손해배상까지 하고 나면 진짜 어지간한 부자가 아니고서야 몰락할 수밖에 없다.

더군다나 배상을 안 할 수도 없었을 거다. 압류 등으로 빼앗으면 그만이니까.

"거기다가 그 건물에서 영업 중인 곳이 있었다면 그 손해배상도 해야 했을 테고."

보증금뿐만 아니라 집기 관련 비용, 이사비, 심지어 영업

손실까지 전부 다 줘야 하니 안 망할 수가 없다.

"그러니까 한 번에 폭삭 망했다 이거네."

"그러니 이런 곳으로 올 수밖에 없었겠지."

노형진은 그렇게 말하면서 문으로 다가갔다.

"일단 상황을 물어보자고."

그러면서 문을 두들기는 노형진.

"계십니까?"

하지만 안에서는 아무런 기척도 들리지 않았다.

노형진은 다시 한번 문을 두들기며 외쳤다.

"계십니까? 아무도 안 계세요?"

노형진이 연신 소란하게 하던 그 순간, 옆문이 빼꼼 열리면서 누군가 얼굴을 내밀었다.

"누구슈?"

"아, 여기 B02호 찾아왔는데요."

"B02호? 거기 아주머니는 일하러 갔지."

"아, 그래요?"

충분히 가능한 일이다. 남편이 감옥에 있으니 집안을 건사하는 건 아내의 몫일 테니까.

그런데 그다음에 흘러나온 말은 또 생각지도 못한 것이었다.

"그 아줌마도 불쌍하지, 가뜩이나 교도소에 들어간 남편 때문에 집안을 건사하기도 힘들어 죽을 지경일 텐데 자식 놈마저 잡혀 들어갔으니."

"네? 그게 무슨 말입니까?"

"아, 그쪽에서 합의하려고 온 거 아녀?"

"아닌데요. 그럼 자식도 교도소에 갔나요?"

"구치소에 갔다고 하더라고. 아직 재판 중이라고."

"재판요?"

"나도 잘 몰러. 하여튼 죽을 맛이라고 하더라고."

그 말에 노형진은 뭔가 촉이 오기 시작했다.

⚖️

사건 내용을 확인하는 건 어렵지 않았다.

"아들이 사고 쳤네. 그것도 초대형 사고를."

술에 취해서 같은 술집에 있던 손님을 두들겨 팼던 것.

아주 작정하고 두들겨 패서, 피해자는 아직도 병원에 입원해 있다고 한다.

"합의해야겠네."

"이런 경우는 합의금이 몇천 단위는 될걸."

노형진은 사건 기록을 확인하고는 고개를 절레절레 흔들었다.

단순히 술에 취해서 사람을 팬 것만으로도 심각한 문제인데, 거기서 그치지 않고 상대방을 쓰러트리고 발길질까지 해

댔다고 한다.

그 결과 피해자는 광대뼈가 함몰되고, 두 팔이 부러졌으며, 갈비뼈가 나갔다.

당연히 가해자인 아들은 바로 체포되었고 현재 재판 중이며 구치소에 있는 상황.

"합의하지 않으면 이건 빼박 실형 나오겠는데?"

그것도 아주 긴 시간 동안 나올 거다.

합의해도 실형을 면할 수 있을지 모르는 판국에 합의가 되지 않으면 못해도 1년 6개월 형은 나올 정도의 상해.

어쩔 수가 없는 게, 야간에 흉기를 소지한 채로 저지른 상해는 일반적인 경우보다 훨씬 형량이 가중되는 경우가 많으니까.

"어떻게 생각해?"

"내가 보기에는 이게 약점이 된 것 같은데."

이런 사건은 합의하는 데 수천만 원은 들 텐데 사실 김시원은 그 돈을 낼 능력이 안 된다. 아내 역시 불가능하고.

"이걸 미끼 삼아 달라붙었다 이건가?"

"그럴 가능성이 높지."

현실적으로 불가능한 건 아니다.

"국정원에서 힘써서 집유로 빼 주겠다고 하면 믿지 않을 수가 없지. 합의금까지 주겠다고 했을 수도 있고."

물론 그런다고 전과가 생기지 않는 건 아니지만 그래도 교도소에 가는 것보다는 나을 거다.

"하지만 그런다고 자기 인생을 건다고?"

오광훈은 이해하기 어렵다는 듯 고개를 갸웃했다.

아들은 길어 봐야 1년 반에서 2년 정도 교도소를 가는 거지만 자신은 못해도 30년은 감옥에 있어야 하는데 후자를 선택하다니?

그러나 노형진은 생각이 달랐다.

"일단 부모가 자식에게 품는 감정이 있으니까. 더군다나 김시원은 아들에게 부채감이 있을 거야."

"부채감?"

"보니까 아들이 상습적으로 이런 행동을 하는 모양인데, 애초에 상습적으로 그런 행동을 하는 사람들은 심리적으로 뒤틀린 경우가 많거든. 그 원인이 뭐겠어?"

"아, 김시원의 방화겠구나."

"맞아."

김시원은 방화를 저질렀고, 그로 인해 사람이 죽으며 집안이 완전히 무너졌다.

아버지에게 건물을 물려받을 정도의 집안이라면 절대로 못사는 집안은 아니었을 거다.

그런데 갑자기 나락으로 떨어졌을 때 어린 자녀가 받을 충격이 얼마나 클까?

실제로 그런 충격으로 아이가 엇나가는 경우는 흔하다.

"그런 부채감에, 현실적인 문제도 있겠지. 너도 알잖아?"

"뭔 소리인지 알겠네."

교도소에서 15년.

사실 15년은 엄청나게 긴 시간이다.

물론 사람이 죽었다는 점을 감안하면 짧지만, 사회의 변화를 생각하면 엄청나게 길다.

당장 지금으로부터 15년 전에는 사회의 시스템도, 생활 패턴도 달랐으니까.

"15년 형이라면 사실상 출소한 뒤에 할 수 있는 게 없지."

일반 죄목도 출소해서 뭔가 하는 게 쉽지 않다.

20대 태반이 백수라는 뜻의 이태백이라는 말조차도 이제는 너무나 당연해져서 사용되지 않는 시대에, 과연 그 사람이 할 수 있는 일이 있을까?

그것도 사람을 죽여서 15년이나 교도소에 있던 사람이?

돈을 구하기는커녕 현실적으로 가족들에게 짐이나 안 되면 다행인 거다.

"그러니까 현실적으로 자식을 구할 수 있는 가장 좋은 방법은 자식 대신 자기가 교도소에 남는 거지."

노형진의 설명에 오광훈도 납득했다.

더군다나 김시원은 진짜 사람을 죽이려고 한 살인귀도 아니다. 단순히 돈을 더 벌고 싶었을 뿐이다.

그러나 그게 틀어진 것뿐.

그런 사람이라면 자식과 아내에 대한 부채 심리도 클 가능성이 높다.

"그러면 김시원을 어떻게 추적해야 하나? 현실적으로 이 상황에서 김시원이 자발적으로 이야기할 것 같지는 않은데."

"협상해야지."

"협상?"

"이 사실을 과연 김시원의 아내가 알까?"

아마 모를 가능성이 크다.

아니, 모를 수밖에 없다. 그 사실을 알면 그녀는 자살해 버릴지도 모른다.

"더군다나 이런 사건에서 뒤처리를 어떻게 하는지 알잖아?"

"아, 그렇지."

김시원은 진짜 지푸라기라도 잡는 심정으로 제안을 받아들이고 박소웅을 죽였을 거다.

하지만 현실적으로 그걸 명령한 누군가가 그의 말대로 김시원의 자식을 풀어 줄 가능성은 없다고 봐도 무방하다.

왜냐하면 그 자체가 흔적이 남는 행동이기 때문이다.

김시원이 절박한 심정으로 받아들인 국정원의 제안은 사실 함정이었던 것이다.

"나라면 도리어 김시원의 죄를 확 늘리겠다."

오광훈의 말에 노형진도 고개를 끄덕거렸다.

"당연히 그러겠지."

아들을 풀어 주는 것보다 김시원을 오래오래 감옥에 가두어 두는 게 돈도 아끼고 입도 막기에 좋다.

"교도소에 있는, 그것도 무기징역으로 수감된 사람이 아무리 억울하다고 떠든다 한들 누가 그걸 믿어 주겠어?"

더군다나 현장에서 김시원이 박소웅을 죽이는 걸 본 사람이 한두 명이 아니다.

홍보석의 말에 따르면 CCTV에까지 찍혀 있다고 하니, 아무리 김시원이 나중에 '사실은 청부 살인을 할 수밖에 없었다.'라고 주장해도 아무도 들어 주지도 않을 거다.

"더군다나 이건 딱히 청부 살인을 할 정도로 큰 사건으로는 보이지 않거든."

박소웅의 직업은 회계사고 단순히 음주 운전으로 인한 과실치상으로 들어온 것뿐이다.

심각한 사건과 엮인 것으로는 보이지 않는데 교도소에서 위험하게 청부 살인이 일어날 이유는 없다.

"그러니까 그걸 김시원의 아내에게 말해야지."

"충격받을 텐데."

"자식이랑 남편이 동시에 교도소에 들어가는 충격만 할까?"

"그러다 진짜로 죽으면 어쩌려고?"

"걱정하지 마. 원래 채찍과 당근은 같이 써야 하는 거야."

노형진과 만난 김시원의 아내는 그가 전한 남편의 근황에
그만 정신이 아득해졌다.

　　"사…… 살인요?"

　　"네."

　　그녀는 살인에 대해 전혀 모르고 있었다.

　　일단 김시원이 교도소 내부에서 저지른 일인 데다가, 그가
사고를 친 것을 경찰이 그의 아내에게 고지할 이유는 없었으
니까.

　　물론 시간이 지나면 알게 되겠지만 아직 수사 중인 지금
이 상황에서는 모든 서류가 김시원의 아내의 집이 아닌 교도
소로 발송될 테니 누가 알려 주기 전까지는 모를 수밖에 없
었다.

　　"아, 안 돼……. 이럴 수는 없어."

　　그녀는 털썩 주저앉았다.

　　무려 14년을 옥바라지를 했다.

　　심지어 그 와중에 아들까지 사고를 쳐서 어떻게 해서든 합
의하려고 이리저리 뛰어다녔다.

　　그래도 이제 얼마 후면 남편이 나올 거라는 생각에 마음을
다잡았다.

　　그런데 그 모든 게 무너진다니. 이 모든 게 함정이라니!

"으허헝……."

그녀는 모든 게 무너지는 마음에 서럽게 울었다.

그 긴 시간 지칠 대로 지친 그녀에게 기댈 곳은 없었다.

그랬기에 그녀는 남편이 자식을 구하고자 사람을 죽였다는 소식에 무너질 수밖에 없었다.

"진정하세요."

노형진은 그런 그녀를 다독거리면서 한참을 울게 놔뒀다.

이 상황에서 울지 말라고 해 봐야 의미도 없으니까.

무너진 사람에게는 스스로를 추스를 시간을 줘야 한다.

"끅끅……."

그렇게 몇 시간을 운 아내는 반쯤 영혼이 나간 듯했다.

노형진은 그런 그녀를 지켜보다가 서세영을 불렀다.

"세영아."

"왜, 오빠?"

"일단은 모시고 가서 호텔에서 같이 지내."

"내가?"

"너 말고 여직원 두 명을 뽑아서 2인 1조로 번갈아 가며 지내게끔 해. 최소한 한 명은 늘 같이 있도록 하고."

"어…… 알았어."

이 상황에서는 자살을 선택할 가능성도 있기에 노형진은 그녀를 이대로 두고 갈 수가 없었다.

"정신을 차리면 내가 말한 대로 이야기하고. 알았지?"

"받아들일까?"

"유일한 선택지니까 받아들일 거야."

노형진의 말에 서세영은 고개를 끄덕거렸다.

그리고 김시원의 아내를 데리고 밖으로 나갔다.

⚖️

김시원의 아내가 다시 노형진을 찾아온 건 사흘 후였다.

그 사흘 사이에 어찌나 마음고생을 심하게 했는지 그녀는 피골이 상접해 있었다.

입술은 바짝 말랐고 얼굴색은 시퍼렇게 변했다.

하지만 노형진이 전해 준 말이 있기에 그녀는 일말의 기대감을 가지고 입을 열었다.

"진짜……인가요? 제 아들의 합의금을 대신 내주고 변호도 해 주신다는 게?"

"그렇습니다."

남편은 이제 글렀다.

아무리 청부를 받고 저지른 일이라고 해도 교도소 내부에서 살인을 한 이상 쉽게는 못 나온다.

그렇다면 그녀와 이 세상을 이어 주는 유일한 끈은 뭘까?

바로 아들이다.

'아들만 구할 수 있다면.'

당연히 그걸 잡으려고 할 수밖에 없다. 그게 부모의 마음이다.

"합의금은 최대 1억으로 생각하고 있습니다."

"1억요?"

그 말에 그녀의 눈이 커졌다.

그럴 수밖에 없는 게, 상대방이 제시한 합의금은 5천만 원이었기 때문이다.

그런데 자발적으로 1억을 준다니?

"합의금의 액수는 생각보다 중요합니다. 더 클수록 이쪽이 크게 반성하고 있다는 증명이 되니까요."

보통은 합의금을 깎으려고만 한다.

실제로 그래서 합의하는 경우는 넉넉한 금액이 아닌 최소한의 금액으로 합의하는 것으로 봐야 한다. 그리고 그 사실을 재판부는 알고 있다.

"하지만 그 이상을 준다면 이야기가 달라지죠."

자발적으로 상대방이 원하는 금액 이상을 제공하면 이쪽에서는 합의서 대신에 탄원서를 부탁할 수 있다.

"합의서와 탄원서가 주는 인상은 전혀 다릅니다."

합의서는 말 그대로 합의가 이루어졌다는 일종의 증명이다.

법적으로 서로 간에 일종의 거래가 있었다는 증명은 되지만 용서받았다는 것을 뜻하진 않는다.

하지만 탄원서는 용서받았다는 하나의 증명이다.

"그래서 재판부에서는 두 가지를 다르게 받아들이죠."

실제로 합의서와 탄원서의 차이는 형량의 결정에 제법 큰 영향을 주는 편이다.

"진짜로 운이 좋다면 집행유예까지 바랄 수도 있죠."

물론 상해의 수준을 봐서는 집행유예는 힘들 거다.

하지만 탄원서, 그것도 적극적인 탄원서의 경우는 때때로 처벌의 수위를 대폭 낮춰 주는 역할을 한다.

"제발…… 부탁드립니다. 제발……."

"다만, 그러기 위해서는 상황을 아셔야 합니다. 저희가 굳이 1억이나 쓰면서 합의해 드리고 변호해 드리는 데에는 다 이유가 있으니까요."

"제가 뭐든 하겠습니다."

"그렇게 쉽게 이야기할 게 아닙니다. 말씀드렸다시피 남편 분이 청부 살인을 한 것으로 의심되고 있는 상황이라서요."

지금은 거짓말할 상황이 아니다. 노형진은 현재 벌어지고 있는 일에 대해 모두 설명해 줬다.

그 설명을 들으면서 그녀의 얼굴은 딱딱하게 굳어졌다.

"이미 살인은 벌어졌기 때문에 김시원 씨의 처벌을 막을 수는 없습니다. 하지만 최소한 아드님도 남편분도, 모든 죄를 뒤집어쓰고 더 강한 처벌을 받을 가능성만은 없애야죠."

그걸 막기 위해서는 이쪽에서 상황을 뒤집어야 한다.

"알겠습니다. 남편이랑 이야기해 볼게요."

"다만 조심하셔야 합니다. 이런 살인 청부를 할 정도의 인간이라면 위험한 인간일 테니까요. 말씀드렸다시피 국정원일 수도 있습니다."

"걱정하지 마세요. 어차피 이미 죽은 목숨입니다."

그 직전에 잡은 작은 기회를 그녀는 놓치고 싶지 않았다.

그녀는 바로 남편인 김시원을 면회하러 갔다. 그리고 그곳에서 단도직입적으로 물었다.

당연하게도 노형진 역시 변호사로서 동행했다.

일반 면회는 면회실에서 이루어지는데 그곳에서는 모든 대화가 감시되기 때문이다.

"여보, 당신이 살인했다는 게 사실이야?"

"……."

그 말에 김시원은 아무런 말도 못 했다. 사실이니까.

그런 그의 행동에 아내는 더 이상 아무 말도 하지 않았다. 그 대신 물끄러미 노형진을 바라보았다.

알고 있었다.

그랬기에 어쩔 수 없이 노형진의 계획대로 할 수밖에 없었다.

김시원은 절대로 사실을 말하지 않을 테니까.

"이건······."

그 시선을 받은 노형진은 서류를 내밀었다.

그걸 받아 본 김시원의 시선이 흔들렸다.

"이혼 소장입니다."

"······!"

무려 14년 하고도 4개월을 옥바라지를 한 아내의 이혼 소장. 그건 김시원이 충격받기에 충분했다.

"아니······ 이제 와서 왜······."

"이제 와서? 이제 영원히 교도소에서 못 나올 사람을 내가 왜 기다려야 해? 나도 내 삶을 살 거야."

"하지만······ 아니다. 미안해. 내가 잘못했어. 이혼해 줄게."

어차피 이건 질 수밖에 없는 싸움이다.

재산 분할? 애초에 분할할 재산조차도 남은 게 없다.

"그리고 중식이 변호사도 선임하지 않을 거야. 국선변호인 쓰라고 할게."

"뭐?"

그 말에 김시원의 눈동자가 흔들렸다. 이건 전혀 다른 문제니까.

"아니, 갑자기 그게 무슨 소리야! 우리 중식이에게 왜 변호사를 안 써!"

"당연한 거 아냐? 제 아빠를 닮아서 지금도 사람 패고 다니는데 다음번에는 확실하게 사람을 죽이겠지. 그러니까 나도 포기할래. 그냥 교도소 가라고 해. 합의는 없어."

"아니야! 우리 중식이 교도소 안 가! 금방 나올 거야!"

"기대도 안 해. 애초에 그런 악마 자식을 케어하는 것도 한계고."

"여보, 잘못 아는 거야. 중식이가 실수한 거지만 변호사는 써야지."

"왜? 어차피 돈도 없어. 어차피 국선 써야 해."

"내가 돈은 어떻게든 마련할게. 어떻게 해서든 변호사 보낼 테니까, 중식이는 포기하면 안 돼."

다급하게 아내에게 매달리는 김시원.

노형진은 그 모습을 지켜보다가 슬쩍 끼어들었다.

"그런데 김시원 씨."

"네?"

"아드님이 사고 쳐서 구속된 건 어떻게 아셨습니까?"

"네?"

그 말에 김시원은 어리둥절한 표정이 되어서 노형진과 아내를 번갈아 보았다.

아내는 뭔가 충격을 받은 듯 입술을 깨물고 있었다.

"뭐…… 뭐야? 당연히 아내한테……."

"나 말한 적 없어."

"뭐?"

"난 말한 적 없다고. 당신이 걱정할까 봐 말하지 않았어. 어떻게 해서든 혼자 해결하려고…… 했어."

그 말에 김시원의 눈동자가 흔들렸다.

김시원이 사람을 죽인 게 아내에게 통지되지 않듯이 아들이 사고를 친다고 해서 교도소에 있는 김시원에게 전달되지는 않는다.

"당신, 정말로 청부 살인한 거야?"

그 말에 김시원의 눈동자가 커졌다.

말하지도 않은 걸 아내가 알고 있다니.

"그걸 어떻…… 헙."

그 말에 아내는 고개를 푹 숙이고는 울기 시작했다.

제발 아니기를 빌었다. 하지만 그 모든 게 사실이었다니.

"……."

"역시 그렇군요. 그러면 뭐…… 방법이 없네요."

"아니, 저기, 난 괜찮아. 우리 중식이만 어떻게……."

"김중식 씨는 최대 형량을 받을 겁니다."

"뭐?"

"애초에 상대방은 당신과 협상할 생각이 없었습니다."

"뭔 소리야?"

"당신은 최대 형량인 무기징역을 받을 테고 그 후에 사회와 완전히 격리되겠지요. 그러면 그들이 아무것도 하지 않아도 모든 진실이 은폐될 겁니다. 그런데 왜 굳이 당신을 위해 위험하게 재판에 압력을 행사해야 합니까?"

"그럴 리가 없어. 그 사람들은……."

"국정원이라서요? 국정원이 약속을 지키는 집단이라고 생각하신다면 참 순진하신 건데요."

국정원이 언급되자 김시원의 눈동자가 격하게 흔들렸다.

그는 단 한 번도 그 이름을 이야기한 적이 없으니까.

"이미 상황을 확인해 봤습니다. 재미있더군요."

홍보석은 박소웅 살인 사건의 책임자로서 교도소의 모든 출입 기록을 볼 수 있다. 당연히 그건 표준 절차이기에 누가 그를 찾아왔는지도 알 수 있었다.

"그런데 최근에 김시원 씨를 찾아온 사람은 오로지 아내분뿐이더군요. 그마저도 3개월 전이고."

교도소는 내부 인원 체크에 매우 집착한다. 누가 오든 모든 기록을 남기고 관리한다.

그건 어쩔 수가 없는 게, 죄수들이 외부에 안 좋은 명령을 내릴 수도 있기 때문이다.

실제로 교도소 내부에서 조직의 보스들은 편지나 면회 등 온갖 방법을 다 이용해서 외부의 조직에 명령을 내린다.

심지어 대기업 회장들은 교도소에서 업무까지 본다.

교도소에서 변호인이 동석하면 감시를 못 하는 걸 이용해서 회사의 업무를 보기도 하고, 변호사가 말동무하면서 재롱을 떨게 한다.

"심지어 필요하면 변호사에게 성 상납을 요구하기도 하죠."

새론의 고연미 변호사만 해도 그런 취급을 받고 빡쳐서 새론으로 온 사람이 아니던가?

"그런데 지금 김시원 씨가 말하는 그 누군가는 기록 자체가 없습니다. 내기할까요? 제가 생각하기에는 CCTV 영상도 없을 것 같은데 말이죠."

그 말에 김시원의 눈동자가 흔들렸다. 그건 몰랐으니까.

"무기징역을 받은 죄수가 아무리 국정원의 지시로 청부 살인을 저질렀다고 떠든다 한들 그 누가 믿겠습니까?"

노형진의 말이 이어질수록 점점 떨리는 김시원의 손.

다급한 나머지 지금까지 보지 못했던 부분이 보이기 시작한 것이다.

"아드님을 도와줘요? 그건 불가능합니다."

그 자체가 국정원이 청부 살인을 했다는 증거.

그렇기에 국정원은 절대로 김시원의 아들을 풀어 줄 수 없다.

"그러면 난⋯⋯."

"멍청한 짓을 한 거죠."

"크윽⋯⋯."

그 말에 눈물을 흘리면서 울기 시작하는 김시원.

그런 모습을, 노형진은 한참 동안 바라보기만 할 뿐이었다.

그리고 그가 울음을 멈춘 후에야 입을 열었다.

"하지만 방법이 없는 건 아닙니다."

"방법이 없는 건 아니라고요?"

"사실대로 말씀드리자면 저희는 합의금도 드리고, 변호도 해 드릴 생각입니다."

그 말에 김시원의 눈빛이 잠깐 흔들렸다.

그러더니 이내 입술을 깨물었다.

생각해 보면 노형진의 말이 맞다.

실제로 살인을 저지른 지는 오래되었지만 뭔가 바뀌었다는 소식은 듣지 못했다.

누구도 찾아오지도 않았고, 아내의 말을 들어 보면 아들의 재판은 여전히 진행 중이다.

약속대로라면 지금쯤 아내에게 합의금을 지급했어야 했는데도.

"사실은……."

김시원은 결국 자신이 겪은 모든 것을 이야기하기 시작했다.

아들에 대해 어떻게 들었는지, 그리고 국정원이 자신을 어떻게 포섭했는지.

교도소 안에서 아들에게 아무것도 해 줄 수 없었던 김시원은 결국 그들의 요구를 들어줄 수밖에 없었다.

"분명 저에게 그랬습니다, 합의금을 주고 압력을 행사하면 어렵지 않게 집행유예가 나올 거라고."

하지만 돈도 주지 않았고 합의도 이루어지지 않았다.

"그래요? 그 후에 찾아온 적도 없다 이거죠?"

"네. 아, 이름은 압니다."

"의미 없습니다."

애초에 기록도 남지 않았는데 이름이 무슨 의미가 있단 말인가? 그 이름도 당연히 가짜일 텐데.

"그런데 왜 믿은 겁니까? 입으로 국정원이라고 떠들 뿐 증거도 없었을 텐데."

신분증을 보여 준 것도 아닐 테고, 그렇다고 신분을 증명할 방법이 있었던 것도 아니다.

아무리 아들의 문제가 걸려 있다지만 그래도 살인을 저지를 정도로 믿음을 가지기에는 부족하다.

"원래 저는 세탁 작업을 했습니다."

"세탁 작업요?"

"네."

이건 생각지도 못한 이야기였다.

'그러고 보니 그랬지.'

분명 오광훈은 위험한 사람들은 위험 요소가 있는 작업에 투입하지 않는다고 했다. 그래서 김시원의 경우에는 모범수에 출소일이 얼마 남지 않아서 주방에 배치했을 거라고 했다.

하지만 이야기를 들어 보니 다른 이유가 있었던 모양이다.

"그래서요?"

"어느 날 와서 그러더군요, 내일부터는 목공 작업에 투입될 거라고."

그리고 실제로 그날부터 그는 세탁실이 아닌 목공 작업실로 나갔다.

"그리고 다음번에는 외부 노역을 나갈 거라고 했습니다."

그리고 실제로 외부 노역이 이루어졌다.

그렇게 몇 번이나, 알려 준 그대로 실현되었다.

한정된 정보만을 가지는 죄수 입장에서는 국정원이라는 말을 믿지 않을 수가 없었을 거다.

"그러다가 제가 받아들인다고 하니까 주방으로 배치한다고 하더군요."

"주방으로요?"

"네."

그리고 실제로 그는 주방으로 배치되었는데, 거기에 박소웅이 있었다는 것.

'확실히 그런 거라면 믿을 수밖에 없었겠네.'

그렇게 마음대로 교도소 내부의 시스템을 컨트롤할 정도라면 어마어마한 권력을 가진 사람일 테니까.

"일단은 알겠습니다. 살인을 한 이후로는 일절 연락이 없었다고 하셨죠?"

"네."

하긴, 이제 용도 폐기가 된 대상을 챙겨 줄 리 없다.

"좋습니다. 그러면 지금은 어디에 있습니까?"

"네?"

"지금 말입니다. 혼거실에 있습니까, 독거실에 있습니까?"

"그거야…… 독거실에……."

교도소 내에서 무려 살인을 저지른 인간이다. 그런 사람을 혼거실에 둘 만큼 교정 당국이 일을 안 하지는 않는다.

"교정 당국에 자꾸 울컥울컥 분노가 치밀어 오른다고 하면서 계속 독거실에 계세요."

"네? 어째서요?"

"박소웅도 죽였는데 당신이라고 못 죽일 리가 없지 않습니까?"

그 말에 김시원의 눈이 커졌다.

그건 진짜로 생각하지 못한 모양이었다.

"원래 타깃을 제거한 사람을 처리하는 건 스파이 업계에서 흔한 일입니다."

그렇게 하면 더 이상 추적이 불가능하기 때문이다.

다만 지금까지는 교도소의 독거실에 있으니 건드리지 못했을 가능성이 크다.

그 말을 들은 김시원은 침을 꼴깍 삼켰다.

"당분간은 조용히 계세요."

다른 곳도 아닌 국정원을 대상으로 한 조사.

위험할 수밖에 없는 일이었다.

이것이 법이다

부자들만을 위한 복마전

"역시나 그랬군요."

노형진의 말을 들은 홍보석은 심각한 표정이 되었다.

노형진이 경고해 줘서 예상은 하고 있었지만 설마 자신도 모르는 사실이 있을 줄이야.

그런 홍보석에게 오광훈이 물었다.

"규정대로 했다면 아마도 무기징역을 선고했겠지?"

"네. 살인도 살인이고 반성도 안 하니까요."

"재판부에서는 그걸 그냥 받아들였을 테고."

그랬다면 사건은 확실하게 묻혔을 거다.

오광훈의 말에 홍보석의 표정이 어두워졌다.

"그러면 어쩌죠?"

"일단은 조사를 계속해야지. 다만 양쪽으로 움직여야 하는데……."

양쪽으로 움직인다는 말이 선뜻 이해가 가지 않았던 오광훈이 노형진을 쳐다보았다.

"무슨 뜻인데?"

"첫 번째, 김시원의 아들에 대한 조사. 두 번째, 나인나인에 대한 조사."

"김시원 아들? 아들은 왜?"

"일단 김시원의 아들이 폭행범인 건 알지. 하지만 그 관련 기록에 대해서는 잘 모르잖아."

"봤잖아?"

싸움은 술에 취한 김시원의 아들 김중식이 옆 테이블 사람과 시비가 붙으면서 생긴 일이다.

김중식이 욱해서 상대방을 폭행했고, 그래서 사건이 커졌다.

"알아. 그리고 그 기록도 봤지. 그런데 이해가 안 가서 말이야."

"뭐가?"

"피해자는 광대뼈가 함몰되고 두 팔과 갈비뼈가 부러졌어. 그렇지?"

"그렇지."

"그런데 그 정도로 심하게 다치는 경우가 술집에서 일어난 싸움 중에 있나?"

"응?"

"김시원 씨 아내분의 말로는 아들에게 욱하는 성향이 있기는 하다더라고."

어쩔 수가 없다.

인생이 갑자기 추락했으니 그걸 받아들이기에는 아직 나이도 어리고 경험도 없을 테니까.

"그래서 술집에서 싸우다가 욱해서 주먹을 휘두를 수는 있어. 그런데 말이야, 술집에서 싸우다가 그렇게 큰 상해가 생기는 경우는 거의 없다고."

생각보다 사람의 뼈는 튼튼하다.

특히 팔뼈나 다리뼈는 항상 쓰이는 부위이기에 상당히 튼튼하다.

실제로 사람 신체 중에 가장 늦게 썩는 부위가 바로 팔다리 등이다.

광대뼈 함몰은 그럴 수 있다. 주먹질 한 방에도 쉽사리 무너지는 게 광대뼈니까.

"하지만 팔과 갈비뼈? 광훈이 네 생각에 어떨 것 같아?"

"음…… 맨손으로?"

"응."

"턱도 없지."

오광훈은 조폭이었다. 그렇기에 제법 사람을 많이 때려 봤다.

"팔다리를 부러트리기 위해서는 최소한 각목이 필요해."

물론 넘어지거나 해서 부러지는 경우도 있지만 그건 그만큼 충격을 받았기 때문이다.

그런데 단순 폭행으로 팔뼈와 갈비뼈가 부러진다?

"하지만 발길질을 했잖아요. 실제로 각력은 주먹보다 강한 게 사실이고요."

"맞습니다. 그건 사실이죠. 그런데 말입니다, 그러면 팔만 부러졌어야지요."

"네?"

"사람은 넘어진 상태에서 공격당할 경우 본능적으로 몸을 둥그렇게 말아서 장기를 보호합니다."

그리고 동시에 얼굴을 보호하기 위해 손으로 얼굴을 가린다.

그런 상황에서 갈비뼈를 공격하는 건 절대로 쉽지 않다.

물론 측면이 드러나 있긴 하지만 측면에 드러난 갈비를 공격하기 위해서는 차지 말고 찍어야 하는데, 발로 찍는 행위는 차는 행위에 비해 파괴력이 훨씬 떨어진다.

"그리고 술집에서 싸움이 붙었다면서요?"

"네."

"그런데 그 상황에서 다른 사람들이 구경만 했다면, 그것도 좀 이상하지 않지 않나요?"

만일 술집에서 주먹질이 벌어진다면 어떻게 될까?

당연히 주변 사람들이 말릴 거다.

상대방이 혼자라고 해도 김중식이 혼자서 술을 마시지는 않았을 테니까.

"그러고 보니 실제로 그랬네요."

그날 김시원의 아들 김중식은 두 명의 친구와 함께 술을 마신 것으로 되어 있었다.

그러다 뒤에 있던 사람들과 시비가 붙어서 폭행했다는 것.

"그런데 그 이유가 뭡니까?"

사실 낯선 사람과 술집에서 시비가 붙는 경우는 의외로 종종 있다. 그러나 보통은 말 그대로 시비로 끝난다.

왜냐하면 그런 경우 보통 원인이 과도한 소음 같은 거라 언성이 높아지는 수준에서 끝나기 때문이다.

그런데 다짜고짜 폭행하고 그렇게 쌍방을 좋아하는 대한민국 경찰이 일방적인 폭행이라고 결론 내릴 정도라면, 정말로 상대방이 작심하고 도발한 것일 수밖에 없다.

"어…… 그러니까 상대방이 한 말이, 와꾸가 어쩌고 면상이 어쩌고 하면서 비웃었다고……."

"허."

그 말에 노형진은 기가 막혔다.

아무리 술에 취했다고 해도 처음 보는 사람의 외모에 대해 막말하는 놈들이 얼마나 될까?

사실 대부분의 경우 술을 마실 때는 다른 사람에게는 관심도 없다.

자기들끼리 놀기에도 바빠 죽겠는데 왜 남의 얼평을 하겠는가?

더군다나 그걸 다 들으라고 한다라…….

"이거 도발 같은데?"

"도발 같은 게 아니라 도발 맞네."

오광훈조차도 도발이라고 확실하게 인식할 정도다.

오광훈은 그 말을 듣고는 피식 웃으며 말했다.

"그래서 그쪽 파티…… 아니다, 일행에 여자가 있대?"

"게임이냐? 파티는 무슨 파티."

"아니, 뭐 일단 말만 통하면 되는 거잖아."

"그건 그렇지."

"일단 피해자 일행에 여자는 없었어요."

"여자 일행은 없다라……. 그러면 노린 것 같은데?"

"네? 어째서요?"

"그거야 당연한 거지. 누군가를 깔아뭉개는 짓을 할 때에는 그쪽에 그럴 만한 이유가 있어야 한다고."

당연하게도 초면에 그런 걸로 시비를 걸 이유가 없다.

"딱 하나만 빼고 말이지."

바로 피해자 일행에 여자가 있는 경우 말이다.

간혹 뇌가 허리 아래에 달려 있는 놈들이 있다.

그래서 관심이 있는 여자가 다른 남자에게 관심을 보이면 질투심에 얼평을 하면서 온갖 지랄을 하기도 한다.

그런데 남자들끼리 술을 마시면서 처음 보는 사람을 디스한다?

"보통은 그런 일이 없지."

친구들과 술을 마실 때는 그 친구들이 디스 대상이 되면 모를까 처음 보는 사람이 굳이 화젯거리가 될 이유가 없다.

"아, 그래요?"

"그래. 노린 거 맞는 것 같은데."

진단서? 국정원쯤 되는 곳에서 진단서를 조작하는 거야 어려운 일이 아니다.

엑스레이 사진? 당연히 그것도 조작 가능하다.

하루에도 수십 명씩 사고가 발생하는 나라가 한국인 데다 엑스레이 사진에 증명사진을 박지는 않으니까.

"일단은 그 진단서부터 확인하는 게 좋겠네."

보통 제출되는 진단서는 따로 확인 과정을 거치지는 않는다. 그리고 상대방이 그걸 노렸다면 이쪽에서 진단서를 확보하려는 것에 대해 의심을 품을 거다.

"알아봐야겠네요."

확인해야 할 것이 일목요연해지자, 홍보석이 고개를 끄덕이며 말했다. 그러자 노형진도 입을 열었다.

"그럼 나는 그사이에 나인나인에 대해 좀 알아봐야겠네."

"접근 못 한다니까."

"알아. 하지만 그곳에 대해 알 만한 사람을 소개해 줄 수 있는 사람을 알지."

노형진은 어깨를 으쓱하며 말했다.

"나인나인요?"

"그래. 혹시 들은 거 있어?"

"어, 뭐. 있죠. 있다 뿐이겠어요. 저도 떨어졌는데."

"확실해?"

"네."

유영민은 노형진의 말에 고개를 끄덕거렸다.

"의외네. 너 성격상 그런 곳은 관심이 없을 것 같았는데."

"아, 관심이 있어서라기보다는 그곳이 재벌가 자제들 사이에서 워낙 핫한 곳이라서요. 형도 재벌가라면 그에 어울리는 행동을 해야 한다는 얘기를 들었거든요."

"그건 그렇지."

"그래서 한번 가 볼까 했죠."

보아하니 유영민은 나인나인이 아주 핫한 술집이라고만 알고 있었던 모양이다.

"제가 거기 심사에서 떨어질 거라고는 생각도 못 했지만."

"그편이 차라리 나을 거다."

"네?"

"거기, 안에서 마약이나 도박을 하는 모양이더라."

그 말에 유영민의 표정이 살짝 굳었다가 이내 풀어졌다.

"뭐, 그럴 수도 있겠네요."

"별로 놀라지 않네?"

"저도 재벌가 놈들이랑 어울리다 보면 종종 보거든요, 그런 데에 중독된 놈들을."

다만 신고하는 순간 개인 간의 우정 문제를 넘어서 기업 간의 전쟁이 될 게 뻔하기에 신고하지 않을 뿐이라고 했다.

"하지만 그놈 말로는 그런 게 전혀 없는 곳이라고 했는데."

"그래? 그 말을 믿어? 솔직히?"

"어…… 글쎄요? 솔직히 말하면 믿기는 힘들지 싶어요."

"왜?"

"아니, 사실은 사이가 별로 안 좋은 놈이거든요."

그런데 뜬금없이 소개해 준다고 해서, 그래도 재벌가끼리 어느 정도 안면은 있어야 해서 동의한 거라고 했다.

"사이가 안 좋아?"

"일방적으로 열폭하는 사이라고 해야 하나?"

유영민은 대룡의 유일한 후계자다. 그러나 동시에 아버지의 얼굴을 본 적도 없다.

애초에 유영민은 진실한 사랑의 결실이라기보다는 후계자의 부주의로 태어났으나 이후 다른 자식들이 모조리 죽어서 대룡의 후계자가 된 거니까.

유민택이 그걸 떠들고 다니지는 않겠지만 알 만한 놈들은 다 알 거다.

그놈은 그걸로 어린 시절 유영민을 지독하리만치 놀려 먹던 놈이라고 했다.

"그런데 나이 먹고 나니까 상황이 아니다 싶었던 거죠. 그놈은 차남도 아닌 삼남이거든요."

자기가 놀려 먹던 인간이 알고 보니까 대기업의 유일한 후계자다. 심지어 그 기업은 이제 엄청나게 성장해서 한국에서 재계 서열 2위가 되어 버렸다.

그에 반해 그의 회사는 딱히 재계 서열이 높은 것도 아니고 그마저도 삼남이라 물려받을 만한 것도 없다.

유영민은 어렵지 않게 회사를 물려받겠지만 그는 뭐라도 받으려면 다른 형제들과 악다구니를 해야 한다.

"그러다 보니까…… 아시죠?"

"뭔지 알겠다."

지금은 재벌가 도련님이니 뭐니 하면서 추앙받으면서 살지만 나중에는 쳐다보지도 못할 관계가 되어 버린다.

"둘 중 하나네. 아니, 둘 다일 수도 있겠네."

유영민을 슬쩍 나인나인에 데리고 와서 친해지면 그걸 빌미 삼아 뭐라도 하나 더 챙기고, 설사 친해지지 않더라도 나인나인을 통해 안 좋은 마약이나 도박에 빠져서 인생이 망가진다면 자신의 자격지심을 채울 수 있다는 계획.

"어느 쪽이든 좋은 목적은 아니네."

"뭐, 그럴 것 같기는 하네요."

대충 상황이 이해되는지 유영민은 눈을 찡그렸다.

"뭐, 어차피 이제 볼일 없으니까."

"없다고? 왜?"

"아, 미국 갔어요. 갑자기 유학을 간다는데 유학은 개뿔, 뻔하죠. 사고 치고 쫓겨 간 거죠."

"그래?"

"네, 유학할 정도로 똑똑한 놈은 아니거든요. 유학은커녕 영어로 대화나 가능하다면 다행일걸요."

유영민이 어깨를 으쓱하는 걸 보니 그마저도 힘든 모양이다.

'뭐, 그런 경우야 흔하지.'

사고 치면 일단 미국으로 날아가는 재벌가 자제들을 한두 번 본 게 아니다.

회귀 전 노형진이 미국에서 변호사 생활을 할 때도 그렇게 미국까지 와서도 정신 못 차리고 사고를 쳐서 소송당하는 놈들을 여럿 보았다.

심지어 한국에서 하던 버릇을 못 고쳐서 아무 생각 없이 갱단을 건드렸다가 머리에 납탄이 박혔던 사건도 있었다.

부모는 미국에 와서 울고불고 난리를 피웠지만 애석하게도 어떤 의사도 뇌가 납탄으로 뭉개진 사람을 살릴 능력은 없었다.

"그러면 그놈을 소개받는 건 불가능하겠네?"

"에? 설마 그놈을 소개받으려고 하신 거예요? 도움이 될 만한 놈이 아닌데."

"그놈한테 도움 받으려는 건 아니고 나인나인에 대해 조사를 좀 하려고."

조사 결과에 따르면 나인나인은 일본계 투자 펀드가 돈을 댄 클럽이다.

확실히 돈이 되는 곳으로, 아마도 일본 야쿠자 조직의 자금 세탁 통로라고 의심하고 있다.

"아, 저도 2층까지는 가 봤어요."

"어, 그래?"

"네, 3층부터는 완전히 회원 전용이라서 못 올라간다고 하더라고요."

확실히 그건 오광훈이 해 준 말대로였다.

여자들이 픽되어서 2층까지 올라간다고 했으니 재벌가 도련님이라면 2층까지는 올라갈 수 있을 거다.

"3층 이상에 대해 아는 사람은 없고?"

"딱히 없을걸요."

3층 이상 올라갈 수 있는 놈들은 절대로 입을 열지 않을 거다. 거기는 말 그대로 복마전 같은 곳일 테니까.

반대로 거기에 올라가지 못하는 사람들은 아는 바가 없으니 말해 줄 수 없을 테고 말이다.

'지금 상황에서는 영장을 청구해도 나오지 않을 테고.'

그곳이 진짜로 국정원의 비호를 받는 곳이라면 설사 거기에서 토막 살인이 일어난다고 해도 절대로 영장이 발부되지 않을 거다.

"끄응."

노형진으로서도 상당히 힘든 사건이다.

일본은 아예 건드리기도 힘들 거다.

그도 그럴 것이, 기본적으로 일본은 한국에 우호적이지 않다.

야베 총리의 사건 이후에 대놓고 한국에 적대 행위를 하지는 않으나 그렇게 난리가 났음에도 불구하고 여전히 일본의 주류는 한국에 적대적인 극우파가 꽉 잡고 있는 상황.

한국에 마약을 뿌릴 수 있다는데 거기에서 조사를 도와줄 가능성은 없다고 봐야 한다.

그렇다고 북한에 도와 달라고 하는 건 불가능할 테고 말이다.

만일 공광태가 진짜 북한의 간첩이고 국정원이 그걸 알고도 방치한다면, 국정원이나 정부의 도움을 요청하는 것도 불가능하다.

　물론 이 사실을 박기훈이 알지는 못할 거다. 상황만 보면 이건 국정원의 단독 작전이다. 그것도 자신들의 지배력을 지키려고 하는.

　그리고 국정원은 기본적으로 대통령조차도 적대하는 조직이다.

　권력을 끊임없이 탐하며 정권이 바뀌더라도 자기들의 자리를 지키기 위해 노력하는 조직.

　그런 그들이 이런 비밀 작전을 대통령에게 보고할 리가 없다.

　'도움을 청할 곳이 없다.'

　그렇다고 해서 대대적으로 붙어 보자니 양지의 싸움이 아니라 음지에서의 싸움.

　절대로 쉬운 싸움은 아니다.

　"음지에서의 싸움이라……."

　그렇다고 다짜고짜 안기부 요원을 외부로 공표할 수도 없다.

　일단 불법인 걸 떠나서, 그들 대부분은 여전히 대한민국의 수호를 위해 헌신하고 있다.

　그 안에서 자신의 권력을 위해 노력하는 사람을 특정하는 게 쉬운 것도 아니고, 설사 특정해서 공개한다고 해도 그들이 권력을 포기할 것도 아니니까.

"아!"

그 순간 듣고 있던 유영민이 뭔가 생각난 듯 짝 소리가 나게 손바닥을 쳤다.

"이게 도움이 될지는 모르겠는데요."

"도움? 뭔데?"

"제게 소개해 준 그놈이 유학 가기 전에 재미있는 소리를 한 적이 있어요."

"재미있는 소리?"

"뭐, 5층에서 직원 하나가 잘려서 끌려 나갔다나?"

그 말에 노형진은 혹했다.

철저하게 층별로 구성된 나인나인이다. 그곳의 5층에서 근무할 정도라면 핵심 인원 중 한 명일 것이다.

그런데 그런 곳에 있던 직원 중 한 명이 끌려 나가다니?

"어째서?"

"저야 모르죠. 말로는 손님 물건에 손댔다가 걸려서 잘렸다는데."

그게 과연 뭘까? 돈? 아니면 단순히 비싼 물건?

'어쩌면 마약일 수도. 하긴, 불가능한 건 아니지.'

유혹이 많은 곳일수록 그곳에서 일하는 사람은 더더욱 그런 유혹에 노출될 수밖에 없다.

당연하게도 그런 위험과 싸우기 위해서는 굳은 심지가 있어야 한다. 그게 꺾이는 순간 당연히 다음은 없다.

"볼만했다고 하더라고요. 복수할 거라고 고래고래 소리를 질러 가면서 끌려 나가는데, 다들 그걸 보고 깔깔 웃었대요."

"웃어?"

"네. 뭐, 그 미친놈들이 왜 웃었는지 저는 모르겠지만요."

노형진은 생각지도 못한 정보에 저절로 미소가 떠올랐다.

"난 알 것 같은데?"

⚖️

가진 자들에게, 그리고 스스로 높은 곳에 위치하고 있다고 생각하는 자들에게 과연 아랫사람이란 어떤 존재일까?

평등한 존재? 미안하지만 그런 건 환상 속에서도 꿈꾸기 불가능한 이야기다.

하다못해 자신에게 충성하는 도구로서 인식하기만 해도 그 사람에 대한 대우는 엄청나게 좋은 편이다.

최소한 도움이 되는 사람에게는 관대하게 대하고 실적에 따라 이득을 공유해 준다면 그 능력이 자신의 것이 된다는 것을 알고 있기 때문이다.

하지만 대부분의 사람들에게, 특히 질이 좋지 않은 사람에게 있어서 다른 사람은 일종의 장난감 취급이다.

아니, 그나마 그건 운이 좋은 케이스라고 볼 수 있다.

최소한 장난감은 애착이라도 가질 수 있으니까.

대부분은 빨대나 일회용 수저 같은 일회용품 취급이다.

"특히나 유흥가에서 만나는 사람에 대해서는 더 대우가 안 좋을 거야."

업무상 만나는 사람이라면 나중에 자신과 다시 만나거나 업무상 이용해 먹을 가능성이 있기 때문에 다회용 재활용품 취급 정도는 하겠지만 유흥가에서의 만남은 그렇지 않다. 볼 일도, 볼 생각도 없는 그런 존재.

"그러니까 진짜 완전히 가지고 놀고 버리는 일회용품 취급 이지."

"헤에~."

"그런데 넌 굳이 따라와야 하는 거냐?"

"그냥, 인간의 본성에 대해 알아보기 좋은 기회인 것 같아 서요. 제왕학이라고 열심히 배워 봐야 결국 머릿속 지식이니 까요."

"끄응, 틀린 말은 아닌데."

자신을 따라오는 유영민을 보면서 노형진은 혀를 끌끌 찼다.

실제로 대부분의 재벌가에서는 제왕학 같은, 사람을 다스리는 기술을 가르치려고 노력한다.

하지만 그걸 받아들이는 놈들은 백 명 중 열 명도 되지 않고, 그나마도 제대로 써먹는 인간은 그 열 명 중 한 명이 되지 않는다.

"기업의 경우는 용병술이 절반이라고 하지 않아요?"

"절반? 할아버지의 말로는 절반도 더 된다고 하던데요?"

서세영도 호기심에 물었고, 유영민은 그런 서세영의 말에 자신이 배운 걸 말해 줬다.

"기업을 살리는 것도 사람이고, 기업을 죽이는 것도 사람이라고, 능력이 있으면 창녀 자식이라도 쓰고, 능력이 없으면 친자식이라도 쓰면 안 된다고 하시더라고요. 물론 배신할 사람은 아예 쓰면 안 되고."

"정확한 표현이네."

실제로 역사를 보면 진짜 잘나가던 기업이 단 한 명 때문에 주가가 대폭락하는 경우는 숱하게 있어 왔다.

"당장 인셀만 봐도 그렇잖아요."

"그렇지."

인셀은 한때 세계 최대의 컴퓨터 칩셋 공급업체였다.

전 세계 칩셋의 70%를 점유했고 다들 인셀의 밝은 미래를 부정하지 않았다.

그러나 사장이 바뀌면서 인셀은 나락으로 떨어지기 시작했다.

인셀의 새로운 사장은 절대적인 점유율을 믿고 단기적인 수익 상승에만 집중했다.

신기술 개발 비용을 삭감하고 원가절감을 감행한 것이다.

그러자 단기적으로 인셀의 수익은 증대되었고 주가는 폭

등했다.

그렇게 10년.

인셀에 의해 만년 2위였던 엔디에서 새로운 칩셋을 개발해 공개하면서 상황이 바뀌어 버렸다.

사실 말이 만년 2위지 그 격차가 너무 커서 2위 취급도 감지덕지였다.

인셀에서 70%를 점유할 때 20%도 못 먹었으니까.

그런데 신형 칩셋이 나오자 분위기가 바뀌었다.

인셀의 신형 칩셋 대비 두 배의 성능. 그리고 더 낮은 가격이라는 괴물이 튀어나온 것이다.

인셀은 아차 싶었지만 그 갭은 어마어마했다.

전문가들은 해당 칩셋이 인셀의 기술력보다 최소 5년은 앞서 있다고 했다.

말이 5년이지, 칩셋을 만들어서 따라잡고 실용화하려면 5년으로는 부족하다.

5년이라는 건 실험실 기준이고 상업화까지 하려면 10년은 걸린다.

그러면 인셀이 개발하는 동안 상대방은 놀까?

아니다.

그날로 인셀의 주가는 폭락했고 점유율은 엔디에 미친 듯이 빼앗겼다.

지금은 동수이지만 그마저도 조금씩 잡아먹히는 상황.

"그래서 한번 많은 사람을 만나 보려고요."

'유민택 회장님은 운이 좋다니까.'

만일 유영민이 진짜 재능이 없거나 자기는 재벌가의 후계자라는 이유로 거들먹거리는 타입이었다면 아마도 유민택은 가차 없이 그를 경영에서 배제했을 것이다.

유영민이 소중하기는 하지만 대룡은 그에게 있어서 큰아들이나 마찬가지. 그걸 손자가 말아먹게 둘 수는 없으니까.

다행히 유영민에게는 스스로 배우려는 열의도, 그리고 조심성도 있었다.

신중하지만 최선을 다하는 그의 성격은 기업을 운영하기에 딱 좋은 성격이었다.

"더군다나 형이 말해 준 그런 타입이라면 제가 돈 좀 쥐여 줄 경우 충분히 입을 털 것 같은데요."

"그럴 거다."

돈 몇 푼으로 다른 재벌가 집안의 치부를 확보할 수 있다?

그것만큼 남는 장사가 어디 있겠는가?

"들어가 보자."

노형진은 서울시 외곽에 있는 허름한 주택의 문을 두들겼다.

"이창수 씨 계십니까?"

"……."

"이창수 씨?"

하지만 안에서는 아무런 대답도 없었다.

상황을 알고 있는 노형진으로서는 충분히 이해가 가는 반응이었다.

"이창수 씨, 도와드리러 왔습니다."

"……."

"복수하고 싶으시죠?"

"……."

"저희는 복수재단에서 왔습니다."

그 순간 인터폰에서 드디어 목소리가 들렸다.

"복수재단요?"

"네."

정확하게는 여러 단체가 합쳐져서 제3의눈이라는 단체가 되었지만 그래도 여전히 사람들은 복수재단이라는 이름을 기억하고 있다.

억울한 피해를 입은 사람들을 구제하고 합법적인 방식으로 그 대상에게 복수해 주는 집단.

한국은 갑질이 유독 심한 나라다.

스트레스를 상대방에게 배설하면서 자신의 우월함을 채우려는 목적으로 떠드는 놈들도 많고, 이득을 위해 상대방을 해치는 경우도 많다.

복수재단은 그런 곳을 위해 복수해 주는 곳으로 유명했기에 대부분의 사람들은 좋아했고 나쁜 놈들은 싫어했다.

"재벌가에서 이창수 씨를 마약중독시켰다고 들었습니다만."

그 말에 잠깐의 침묵이 흐르다가 문이 열렸다.

그리고 피골이 상접한 남자가 열린 문 사이로 얼굴을 내밀었다.

"진짜로 복수재단에서 오신 겁니까?"

"정확하게는 제3의눈입니다만."

그 말에 노형진을 물끄러미 바라보던 이창수는 자신도 모르게 중얼거렸다.

"노형진?"

"저를 아십니까?"

"일단…… 제가 일하던 곳에서는 유명한 사람이라……. 드, 들어오세요."

그는 문을 열어 줬다.

안으로 들어가자 정리되지 않은 집의 모습이 보였다.

"그런데 어떻게 아신 겁니까?"

조금은 정신을 차린 듯한 남자의 모습.

그 모습을 보며 노형진은 혀를 끌끌 찼다.

"버틸 만하십니까?"

"네? 아, 뭐. 아직은…… 괜찮습니다."

입술을 깨물며 말하는 이창수.

사람들은 마약에 취하면 정신 못 차리고 해롱댄다고 생각한다.

물론 그건 사실이다.

하지만 스물네 시간 마약에 취해 있는 건 아니다. 그 때문에 마약에 취하지 않았을 때는 멀쩡하게 대화도 하고 생활도 할 수 있다.

다만 남들이 모르는 끔찍한 무력감과 우울감을 감당해야 한다는 게 문제지.

"어디까지 들으셨습니까?"

"그냥 장난처럼 마약에 중독시켰다고 들었습니다."

그 말에 이창수는 입술을 깨물었다.

그리고 그간의 분노를 토해 내듯이 말했다.

"남화련 그 개 같은 년이."

노형진은 그 말에 옆에 있던 유영민을 돌아보았다.

처음 들어 보는 이름이었으니까.

노형진이 재벌가의 모든 자녀의 이름을 알고 있을 수는 없다. 사건으로 엮였으면 몰라도, 그런 적도 없다면 그런 곳에나 다니는 애들은 모를 수밖에 없다.

"남화련은 세광퍼시픽 차녀예요."

"세광퍼시픽? 아, 비누 회사."

"비누 회사라고 하기에는 좀 크기는 하지만요."

정확하게 표현하자면 세광퍼시픽은 위생용품 회사다.

비누에서부터 소독용품, 마스크, 세면도구 같은 위생용품 전문 기업으로, 대기업은 아니고 중견 기업 정도 된다.

물론 일반인 기준으로는 충분히 재벌이라고 할 만하지만 어찌 되었건 사람들이 일반적으로 생각하는 어마어마한 재벌가는 아니다.

'아니었다, 가 맞는 말인가?'

하지만 코렐09바이러스가 터진 후로 세광퍼시픽은 미친 듯이 성장했다. 주식은 순식간에 그 값어치가 올라가 수십 배가 올랐다.

"아무리 그래도 세광퍼시픽 정도 되는 기업이라면 그런 곳에 낄 만한 급은 아닌 것 같은데요?"

서세영은 그 말에 고개를 갸웃했다.

아무래도 경험이 부족한 그녀는 아직은 사회의 변화를 정확하게 읽어 내는 통찰력이 부족했다.

"어쩔 수 없었을걸. 세광퍼시픽 정도 되는 위생용품 기업이 한국에 없잖아. 마이스터와 대룡은 대기업이 아니라 대국민 위주로 위생용품을 공급했고. 기업들은 어찌 되었건 막대한 위생용품과 마스크를 공급해야 하니까."

"어, 아, 그러네."

대룡과 마이스터는 사재기를 막기 위해 한정된 양만을 주소지 구분해 가면서 보내고 있다.

대기업에서 대량 구매 요청이 들어오고 있기는 하지만 애초에 전 국민에게 나눠 주기에도 부족한 상황에서 기업에 판매하는 데에는 아무래도 한계가 있는 상황.

"맞아요. 세광퍼시픽이 그 자리를 차지했어요. 한국 대기업에 공급되는 마스크는 대부분 세광퍼시픽에서 나올걸요."

마스크와 위생용품을 어마어마하게 판매할 수 있는 한국의 유일한 회사가 바로 세광퍼시픽이었고, 이를 기점으로 빠르게 대기업들과 친해졌다.

"대롱이야 그다지 관련이 없지만요."

유영민은 어깨를 으쓱했다.

애초에 대롱은 자체 위생용품 공장이 없으니 그들과 거래할 이유도 없다.

"어찌 되었건 마스크는 이제 생활 필수품이니까. 그게 없으면 공장이 멈추거든."

마스크가 부족한 건 사실이니까 아무래도 그걸 공급하는 쪽과 친하게 지내게 되는 건 어쩔 수 없었다.

"실제로 세광퍼시픽이 지금은 재계 순위에 들어왔지?"

원래 세광퍼시픽은 소위 말하는 재계 서열에 못 들어왔었다.

일반적으로 재계 서열이라는 건 300위까지인데, 세광퍼시픽은 코넬바이러스 덕에 반사이익을 보며 순위가 급상승해 최근에야 250위 정도를 유지하고 있다.

"맞습니다. 그리고…… 후우…… 더러운 년."

남화련은 갑자기 미친 듯이 늘어나는 재산에 취했고 자신에게 잘 보이려고 하는 재벌가 도련님들의 구애에 미쳐 버렸다.

그 상황에서 나인나인의 초대장을 받았고, 그녀는 거기에 응했다.

"어떻게 된 건가요?"

"저를 꼬셨습니다."

"마약을 하자고요?"

노형진은 그 말에 고개를 갸웃했다.

이창수는 나인나인에서 일하는 사람이다. 비밀을 지키고 최대한 정보를 은폐해야 한다는 점을 감안하면 아무나 5층에 보내지는 않을 거다.

"아니요. 저랑 사귀자고 하더군요, 한눈에 반했다고."

"네?"

말도 안 된다.

물론 그럴 수 없는 건 아니다. 실제로 재벌가 아가씨들이 일반인에게 반하는 경우도 종종 있으니까.

"하지만 그런 경우는 좀 특이할 텐데."

"왜, 오빠?"

"음…… 그게 말이지. 이 경우는 단순한 외모 문제가 아니라 사상의 문제와 얽혀 있거든."

"사상?"

"그래. 재벌가 아가씨들과 평범한 청년의 사랑은 외모가 아니라 진짜 사상, 아니 내면의 문제라고 보는 편이 정확해."

재벌가 사람이라면 주변에서 재벌가 사람들을 많이 볼 수밖에 없다. 그래서 그들과 어울리다 보면 비슷하게 변한다.

"하지만 모든 사람이 그런 건 아니거든."

여자를 후리고 마약을 하고 일은 안 하면서 흥청망청 돈 쓰는 꼴을 본 일부 재벌가의 멀쩡한 사람들은 그런 재벌가를 극도로 혐오하게 된다.

물론 그걸 대놓고 티 내는 건 아니다. 하지만 그런 타입의 사람들을 반려로 생각하지 않는다.

그래서 그런 타입의 사람들은 자연스럽게 다른 타입의 사람, 즉 성실한 일반적인 사람에게 눈이 간다.

"당장 영민이도 그럴걸. 너 같으면 남화련 같은 여자랑 만날래?"

"어휴, 미쳤어요?"

"그래. 아무리 삶이 생각에 큰 영향을 미친다고 해도 애초에 그렇게 타고나지 않으면 절대 어울리지 못해."

중요한 건, 나인나인이라는 클럽은 절대로 그런 성실한 타입의 사람과 만날 수 있는 공간은 아니라는 거다.

"물론 이창수 씨가 잘생기기는 했지만."

마약에 찌들어서 얼굴이 완전히 망가진 이창수지만 그래도 기본적으로 잘생긴 사람이다. 나인나인에서 5층 근무자를 대충 뽑을 리가 없으니까.

"압니다. 그래서 제가 5층 근무자가 된 거죠."

"그래서요?"

"그래서…… 솔직히 넘어갔습니다."

"끄응."

당연한 거다. 누군들 한 방을 꿈꾸지 않겠는가?

처음에는 설마설마하지만 그래도 상대방의 구애를 받다 보면 빠지기 마련이다.

더군다나 이창수는 잘생겼다. 살아오면서 과연 그에게 매달리는 여자들이 없었겠는가?

그런 경험이 많은 사람이라면 당연히 자신도 모르게 '아, 이 사람도 나한테 푹 빠졌구나.'라고 생각하게 된다.

"처음에는 우리가 사귀는 사이인 줄 알았습니다."

그리고 조금씩 이창수를 꼬드겼다, 같이 놀자고.

처음에는 직원일 뿐이니까 안 된다고 했지만 남화련이 적극적으로 구애하고 남자 친구 대접을 해 주자, 다른 재벌가 자제들도 똑같이 대접해 줬다.

그러다 보니 속았다.

자신도 그들과 같은 급이라고.

"하지만 어느 날 물건이 없어졌다고 하더군요."

"뭔데요?"

"마약이었습니다."

예상대로였다.

그리고 그 도둑질을 한 범인으로 이창수가 지목되었다.

이창수는 이미 이 시기에 마약에 취해 있었고 실제로 재벌가들과 친하게 지냈다.

아니, 그렇게 믿었다.

하지만 그 모든 게 장난이었다.

자신을 마약에 취하게 한 다음 추락하는 것을 구경하고자 저지른 잔인한 장난.

그날 이창수는 마약을 훔친 도둑으로 낙인찍혔고 질질 끌려 나왔다.

클럽의 가드에게 흠씬 두들겨 맞고 길바닥에 내던져졌다.

자신을 가지고 논 남화련과 다른 놈들에게 달려들었지만 그놈들은 깔깔거리면서 자기를 비웃었다.

"으…… 잔인해."

"이게 재미있는 일이라고 했던 건가?"

서세영은 그 말에 기겁했고 유영민은 불편한 얼굴이 되었다.

그의 입장에서는 장난 삼아 한 사람의 인생을 시궁창에 처박는 행위가 과연 어떤 부분에서 재미가 있었는지 이해가 가지 않았다.

"그리고…… 이렇게 된 겁니다."

그간 모은 돈이 적지는 않았다.

비밀을 지켜 주는 대가는 컸으니까.

하지만 그 대가도 마약중독자에게는 너무나도 부족했다.

마약을 구하기 위해 엄청난 돈을 퍼부어야 했고 그동안 모은 돈은 모조리 사라졌다.

몰락의 끝.

이제 자살이라는 선택지만 남은 상황에서 노형진이 찾아온 것이다.

"그러면 복수하려고 한 적은 없습니까?"

"당연히 있습니다."

하지만 접근할 방법조차 없었다.

남화련은 재벌가의 차녀이고 아무리 떠들어 봐야 누구도 들어 주지 않는다.

심지어 코델09바이러스 시국에 그들의 권위는 절대적이다.

그래서 접근할 방법이 없었다는 것.

"지금은 분신자살이라도…… 할까 생각 중이었습니다."

마약에 찌들어서 더 이상 살 방법이 없다.

금단증상 때문에 매일매일이 지옥이다.

벗어나고 싶지만 마약 치료를 할 만한 곳도 없고 갈 돈도 되지 않았다.

"흠……."

노형진은 턱을 만지작거리면서 생각에 빠졌다.

'과연 어떻게 할 것인가.'

이 상황에서 과연 상대방에게 치명타를 입힐 수 있는 방법은 무엇인가.

애초에 적이 과연 누구인가부터 정리해야 한다.

'남화련? 뭐, 그런 애야 뻔하지.'

애초에 남화련은 가치가 없다.

복수? 쉽다.

이창수가 기자회견 한 번만 한다면 새론의 힘으로 이슈 몰이를 할 수 있고, 진짜 대기업도 아니고 운이 좋아서 재계 말석으로 들어온 세광퍼시픽 같은 곳을 날려 버리는 건 일도 아니다.

차녀라고 했으니 이참에 아예 후계자 자리에서도 모가지일 거다.

'한국에서도 좋은 곳에 시집가기는 글렀을 테고 해외로 굴리겠네.'

마약쟁이 며느리를 원하는 재벌가는 없으니까.

하물며 가지고 놀기 위해 꼬셨다지만 마약쟁이와 몸을 섞으면서 즐긴 것 역시 사실이다.

그 사실이 대중에게 공개되면 그녀는 절대로 좋은 집안으로 시집가지 못한다.

'하지만 적은 세광퍼시픽만이 아니지.'

이번 적은 일단 국정원이다.

북한과 일본의 야쿠자는 둘째 치고 국정원과 나인나인은 일종의 상부상조 역할을 한다.

국정원의 약점인 나인나인은 그들의 보호를 받는 구조.

'일단 첫 표적은 나인나인이다.'

국정원이 뭔 짓을 할지는 모르지만 일단 나인나인부터 털어야 한다. 그래야 그나마 박소웅과 사건을 연결할 수 있다.

"복수를 위해 뭐든 할 수 있습니까?"

"이거 보세요."

이창수는 자신의 팔을 들어 보였다.

뼈만 남은 앙상한 모습.

"이 꼴로 뭘 합니까? 이제 와서 뭘 합니까?"

마약 치료를 받고 재기할 수 있을지는 모른다.

하지만 그때까지 자신이 살아남을 수 있을까?

솔직히 기대하기 힘들다.

마약은 지독하다. 그라고 그걸 끊고 싶지 않았겠는가?

하지만 그럴 수가 없었다.

"그리고 어차피 이제 끝난 목숨입니다."

"끝난 목숨?"

"에이즈라고 하더군요……."

그 말에 노형진의 얼굴이 굳어졌다.

사실 에이즈는 마약중독자들 사이에서는 생각보다 흔한 질병이다.

그도 그럴 게, 마약중독자들은 돈을 아끼기 위해 서로 주사기를 돌려쓰는 경우가 많기 때문이다.

그러니 그중에 한 명이라도 에이즈 보균자가 있다면 순식간에 퍼지는 거다.

설사 그게 아니라고 할지라도 마약에 취하는 순간 자신이 뭘 하는지 모르게 된다.

실제로 마약 사범들이 마약에 취한 채로 집단 난교를 하는 경우는 너무 흔해서 뉴스거리조차 되지 못한다.

그런 상황에서 과연 누가 에이즈에 걸렸는지 알까?

그리고 콘돔 같은 걸 쓰기나 할까?

"언제 알았습니까?"

"최근에…… 알았습니다."

갑자기 몸이 마르고 매일같이 아파 왔다.

처음에는 마약 때문인 줄 알았다.

그런데 검사 결과 에이즈란다.

에이즈는 호흡이나 접촉으로 감염되는 감염성 질병은 아니다. 그리고 치료제가 없다.

하지만 과거처럼 에이즈에 걸린다고 해서 100% 죽는 건 아니다.

치료제가 없는 건 사실이지만 그 대신에 억제 약물이 생겼다.

그래서 지금은 나름 관리하면 살 수 있는 질병이기는 하다.

즉, 사람의 몸에서 바이러스를 완벽하게 박멸할 방법은 여전히 없지만 바이러스가 활동하지 못하게 함으로써 생존 기간을 대폭 늘릴 수는 있는 것이다.

"관리만 잘한다면 생존에는 문제가 없으실 텐데요."

"그러기에는 이미 몸이 완전히 망가졌습니다."

"음⋯⋯."

약물도 결국은 사람의 몸이 버틸 수 있어야 효과를 발휘한다. 의사들이 왜 치료할 때 체력이 중요하다고 하겠는가?

그 순간 노형진의 머릿속에 어떤 좋은 생각이 스치고 지나갔다.

"그러면 기자회견을 하시겠습니까?"

"네, 그러지요. 어차피 끝난 인생."

너무 억울해서 재벌 때문에 마약에 취했다고, 남화련 그년 때문에 인생이 망가졌다고 길바닥에서 외치고 싶었다.

하지만 그럴 수는 없었다.

아니, 그런다고 해도 그만 미친놈 취급받을 거다.

"아, 물론 공짜는 아닙니다."

"치료라면 필요 없습니다."

"그게 아닙니다. 애초에 한국에서 에이즈 억제 비용은 무료입니다."

실제로 한국은 더 이상 에이즈가 번지는 걸 막기 위해 억제 치료, 소위 칵테일 치료라고 불리는 걸 무료로 해 주고 있다.

바이러스를 억제하는 건 단순히 몸 안에서의 활동만 멈추게 하는 게 아니다. 그 바이러스의 감염력 자체도 억제하는 거다.

실제로 약만 제대로 먹는다면 그 환자로 인한 감염은 거의 이루어지지 않는다.

종종 성관계나 마약으로 인해 감염되었다는 소리가 나오는 건 그 감염자가 자신의 질병을 모르고 있었거나 삶을 포기하고 막 사는 경우다.

실제로 에이즈에 걸리자 사회에 복수한다고 마구 다른 사람을 만나서 성관계했던 인간도 있으니까.

"그러니까 치료를 지원해 드린다는 건 거짓말이죠. 만일 살아남으신다면 저희가 직장을 주선해 드릴 수 있습니다. 물론 마약을 끊고 제대로 사셔야 하겠지만요."

그 말에 이창수의 눈동자가 흔들렸다.

그라고 그러고 싶지 않을까?

하지만 언제나 생각했다, 너무 늦었다고.

그런데 진짜로 너무 늦은 걸까? 문득 그런 생각이 떠올랐다.

"그리고 만일에 돌아가신다면 저희가 유족분들에게 어느 정도 돈을 지급해 드릴 의사도 있습니다."

"유족? 제 가족들에게 말입니까?"

"네, 가족들이 있을 거 아닙니까."

그 말에 이창수는 입술을 깨물었다.

실제로 가족이 있다. 다만 이 꼴이 된 후에 스스로 연을 끊어 버렸다.

    자신이 죽은 후에 사실을 안다면 과연 가족들이 얼마나 슬퍼할 것인가?

    죽음이 눈앞에 있고 본인은 살 수 없다고 판단되면 가족부터 챙기는 게 사람이다.

    "그러면 뭘 어떻게 해야 합니까?"

    "기자회견을 하셔야 합니다. 하지만 내용은…… 좀 다르실 겁니다."

    노형진은 눈을 번뜩이며 말했다.

이것이법이다

살려만 드릴게

기자회견을 하는 건 어렵지 않았다.

물론 아무리 새론이 하는 것이라 해도 정말 뜬금없는 기자
회견에는 그다지 관심을 가지지 않는다.

하지만 이번 기자회견은 언론에서 관심을 가질 수밖에 없
었다.

"이게 무슨 뜻일까?"

"그러게. 다수 재벌가 후계자들의 목숨이 달려 있는 일이
라니?"

기자회견을 할 때 단순히 기자회견을 한다고만 전달할 수
도 있다. 하지만 대체로는 어떤 내용인지에 대해 언급한다.

그래야 기자들이 한 명이라도 더 오니까.

하지만 이번 기자회견의 주제는 너무나도 뜬금없어서 종 잡기 어려운 이야기였다.

"'재벌가 놈들아, 알아서 기어라. 안 그러면 다 죽인다.' 뭐 그런 건가?"

"뭔 개소리야? 새론이 미쳤냐?"

"막말로 불가능한 건 아니잖아? 새론 뒤에 마이스터와 미다스가 있는 건 사실이고, 거기 힘만으로도 어지간한 재벌가 모가지를 따는 건 일도 아닐 텐데."

"그런 의도였다면 재벌가의 자제가 아니라 재벌 자체나 회사 이름을 올렸겠지."

"그런가?"

"그리고 말이야, 그런 경우라면 기자회견을 하겠냐? 그냥 공격해서 무너트리겠지."

"쩝."

"이걸 기자라고."

동료 기자의 멍청한 반응에 기자는 눈을 찌푸렸다.

그러나 그도 곧 동료의 말에 반박할 말이 없었다.

"그러는 넌 뭐 아는 것처럼 이야기한다?"

"어…… 누가 노형진을 건드린 거 아닐까? 실제로 노형진 변호사를 건드렸다가 모가지 날아간 놈이 제법 많지 않아?"

"많지. 그런데 노형진이 누구 모가지 딴다고 이야기하고 시작하디?"

"그거야……."

당연히 그런 적 없다.

"아, 씨! 그러면 뭐야?"

다른 사람도 아닌 재벌가 자제들의 목숨이 왔다 갔다 하는 문제라면 대한민국이 발칵 뒤집어질 거다. 그런데 그게 뭔지 알 수가 없었다.

"어, 시작한다."

그때 한 여자 변호사가 들어왔다.

자신을 서세영 변호사라 밝힌 그 여자는 발언대에 서서 다소 긴장된 눈으로 기자들을 찬찬히 살폈다.

"지금부터 기자회견을 시작하겠습니다."

"무슨 내용입니까?"

"설마 마이스터에서 어디 공매도라도 하는 겁니까?"

급격히 시끄러워지는 기자들.

그러자 서세영은 마이크를 톡톡 두들겨 주의를 주고는 사람들이 조용해지고 나서야 입을 열었다.

"마이스터나 미다스와 관련된 것이 아닙니다. 그런 거라면 제가 아닌 노형진 변호사가 나왔어야 합니다."

"그러면요?"

"크흠, 일단 기자회견 중에는 질문을 삼가 주시기 바랍니다."

너무 많은 질문이 쏟아지면 대답이 불가능하니까, 일단은 핵심을 듣고 질문해 달라는 거다.

"알겠습니다."

"그렇게 할게요."

기자들은 하나같이 고개를 끄덕거렸다.

그걸 확인한 서세영은 기자회견을 시작했다.

"저희에게 새로운 사건을 의뢰한 의뢰인께서는…… 음, 일단 신분은 발표하기 힘듭니다. 상황이 상황인지라."

"그러니까 빨리 말하세요."

신분도 알 수 없는 상대방에 대해서는 관심도 없다.

"일단 그분께서는 나인나인이라는 클럽에서 근무하셨습니다."

"그래서요?"

"그런데 그분께서 그곳에서 손님 한 분과 교제하셨는데……."

"그게 뭔 상관?"

"나인나인?"

"거기가 어디야?"

'하아~.'

서세영은 말을 끊고 자기들끼리 떠드는 일부 기자들을 보고 속에서 열불이 터졌다.

'그러고 보니 오빠가 그랬지, 기자들이 원하는 건 진실이 아니라 사냥감이라고.'

이것이 법이다

그러니 클럽에서 누가 누구와 교제했는지는 관심이 없을 거다.

물론 재벌가와 사귀거나 한 거라면 이슈가 될 수도 있겠지만 그건 데스크에 올라가자마자 잘릴 게 뻔한 주제다.

그러니 열의가 한순간 팍 식어 버리는 것이다.

'하지만 다음 말에도 그 열의가 안 돌아올까?'

서세영은 잡담하는 기자들을 애써 무시하고 말을 이었다.

"그분의 말에 따르면 그 안에서 재벌가의 자제들이 마약과 도박에 취해서 집단 난교를 했다더군요. 자신 역시 거기에 어울렸고요."

"야! 접어!"

"에이, 씨팔. 시간만 버렸네."

그 말에 눈치 빠른 기자들이 빠르게 철수 준비를 하기 시작했다.

마치 자기들은 그에 대해 전혀 모르고 듣지도 못했다고 주장하는 것처럼.

실제로 이런 사건은 기사로 작성해 올려 봐야 100% 데스크에서 잘린다.

설사 잘리지 않아서 어찌어찌 기사화한다고 해도 보복을 감당하기 두렵기 때문에 쉽게 터트릴 수 없는 뉴스다.

"자 자, 아직 이야기가 끝나지 않았습니다. 저희는 그분들의 신분을 공개할 생각이 없습니다."

"그런데 왜 기자회견을 하는 겁니까?"

귀찮음으로 가득한 어투로 말하는 일부 기자들.

실제로 대부분의 기자들은 노트북을 접고 카메라를 가방에 넣고 있었다.

그들의 신분도 공개하지 못하는 상황에서 재벌가에 대한 그런 기사가 밖으로 나갈 리가 없지 않은가?

"저희가 말씀드리고자 하는 건 거기에 계신 분들의 범죄와 관련된 소식이 아닙니다. 그분들의 안전과 목숨에 관련된 문제이지."

"무슨 말입니까, 그게?"

"저희 의뢰인이 에이즈에 걸렸습니다."

"응?"

"에이즈?"

그 말에 다들 어리둥절한 표정이 되었다.

여기서 에이즈가 왜 나온단 말인가?

"그리고 아까도 말씀드렸다시피 제 의뢰인은 그곳에서 벌어진 난교 파티에서 그분들과 어울렸죠."

"그분들과 어울렸다고? 잠깐, 그러면?"

분명 방금 그 나인나인이라는 클럽에서 서로 마약을 하면서 난교 파티도 벌였다고 했다.

물론 이창수가 그 난교 파티에 참석하지는 않았다.

애초에 가지고 놀려고 유혹한 이창수를 거기에 끼워 넣을

리도 없다.

남화련과 사귄다고 한다고 해도 결국 이창수는 거기 근무 자니까.

하지만 남화련은 이창수와 관계를 맺었다.

그런 남화련이 과연 다른 남성과 관계를 맺지 않았을까?

어쩌면 다른 곳에서 마약에 취해서 난교 파티를 열었을지도 모르는 일이다.

애초에 남화련은 이창수와 사랑해서 사귄 게 아니라 말 그대로 가지고 놀기 위해 사귄 거다.

이창수도 그럴 가능성이 높다고 생각하고 있었다.

"어?"

기자들이 질문하는 것도 잊어버릴 정도의 충격이 휩쓸고 간 기자회견장에는 침묵만이 흘렀다.

잠깐의 시간이지만 기자들의 머릿속에서는 수많은 가능성이 떠돌았다.

마약, 난교 파티 그리고 에이즈.

"그분께서는 언제 에이즈에 걸렸는지 확실치 않다고 하셨습니다."

실제로 그건 사실이다.

최근에 걸린 건 아니다. 진행 상황을 봐서는 상당히 오래전에 걸렸을 가능성이 크다.

잠복기를 생각하면 대략 잡아도 100% 나인나인에서 근무

하던 시기다.

그리고 그때는 남화련과 교제 중이었다.

"에이즈라는 질병의 특성상 저희 의뢰인의 이름은 공개하지 못합니다. 당연하게도 함께한 사람들에 대한 정보도 공개하지 못합니다."

그 자체가 사회적으로 낙인이 될 게 뻔하기에 그걸 말해줄 수는 없다.

"하지만 그분의 말에 따르면 그곳에서 수십 수백의 재벌가 자제들을 만났다고 합니다. 그들 중 누가 걸렸는지는…… 아니, 최악의 경우는 그들 중 누군가에게서 감염되었을 가능성도 있습니다."

"재벌가 자제들 사이에서 에이즈가 돈다고?"

"미친!"

이건 감출 수 없는 일이다. 이건 분명 이슈가 될 수밖에 없다.

에이즈는 돈과 신분을 가려 가면서 걸리는 병이 아니다.

과거에도 진짜 잘나가던 사람들이 어디선가 에이즈에 걸려서 사망한 사례가 넘쳐 난다.

물론 지금은 에이즈 억제약이 나오지만 대부분의 기자들은 그걸 모른다. 애초에 관심도 없다.

기자들의 머릿속에서 에이즈는 치료할 수도 없는 더럽고 문란한 사생활의 결과물일 뿐이다.

이것이 법이다

그런데 그걸 누구인지 말도 안 하고 터트릴 수 있을까?

과연 이것만큼 이슈가 되는 주제가 있을까?

"나인나인은 어떤 곳입니까?"

"나인나인에서는 이 사실을 알고 있나요?"

"나인나인은 이 사태에 대해 발표를 했습니까?"

한순간 폭발적으로 터져 나오는 질문들.

기자회견장에는 대혼란이 닥쳐왔다.

⚖️

−응. 재벌가 놈들 깨끗한 척하더니 난리 났네.

−재벌가 놈들 에이즈 실화냐?

−걸리는 놈은 더러운 놈이네.

−걸리겠냐? 쉬쉬하면서 몰래 검사하겠지.

"마지막 판단은 정확하네."

노형진은 댓글을 읽다가 피식하고 웃으며 말했다.

"정확하다고?"

서세영은 노형진의 말에 고개를 갸웃하면서 바라보았다.

"검사를 안 할 수는 없을 거야. 하지만 대놓고 할 수도 없지."

안 봐도 뻔하다. 쉬쉬하면서 검사할 테고, 그 후에 모든 걸 덮어 버릴 거다.

지금 에이즈에 걸렸다는 사실이 드러나면 마약과 도박을 하면서 추하게 놀았다는 걸 인정하는 셈이 되니까.

"부자들의 속성, 아니 인간의 속성은 뻔하거든."

추문을 자랑스럽게 여기는 사람은 없다. 분명 그걸 감추기 위해 노력할 거다.

"그런데 오빠는 왜 기자회견 내용을 그렇게 비튼 거야? 완전히 주객이 전도된 거 아니야?"

분명 그랬다.

서세영은 노형진이 당연히 나인나인에서 도박이 벌어진다는 것과 그곳에서 남화련이 이창수를 가지고 논 걸로 기자회견을 할 거라고 생각했다.

하지만 노형진은 그 대신에 에이즈에 중점을 두고 기자회견을 하도록 지시했다.

"일단 네가 말한 대로 하면 기사로 못 나갈 가능성이 크거든. 너도 그날 분위기 봤지?"

"아, 그러네. 못 나가겠네."

분명 제법 충격적인 이야기였음에도 불구하고 기자들은 서둘러서 자리를 떠나려고 했다. 심지어 일부는 다급하게 녹음한 파일을 지우기까지 했다.

"재벌가들을 건드리면 죽을 수도 있으니까 네가 말한 대로 기자회견을 했다면 모든 걸 감췄을 거야. 하지만 에이즈라는 내용은 아니지."

일단 특정이 되지 않았다.

이창수는 이름을 공개해서 복수를 원했지만 그런다고 해서 바뀌는 건 없다.

아무리 상대적으로 작은 곳이라고 해도 재벌은 재벌이다.

남화련의 문제는 헤어진 이창수가 앙심을 품고 헛소리하는 거라고 말하면 그만이고, 실제로 그렇게 이야기하면 언론은 그렇게 쏠릴 수밖에 없다. 그게 재벌가의 힘이니까.

"하지만 이건 그럴 수가 없지."

누군지 말하지 않았으니 반격하면 자기들이 가해자라는 걸 인정하는 꼴이다.

"그렇다고 무시할 수도 없어."

왜냐하면 알 놈들은 다 아니까.

재벌가 내부에서 사고를 치고 후계 순위에서 밀린 놈들이라고 자식이 아닌 것은 아니다.

설사 죽어도 상관없다고 방치할 만큼 개판이라고 해도, 그놈으로 인해 회사의 이미지가 망가지는 것은 막고 싶은 것이 당연한 일.

"재벌가에서는 당연히 그 이야기의 진실을 찾겠지."

그리고 얼마 지나지 않아 이 이야기의 주인공이 이창수와 남화련이라는 걸 알 거다.

이창수? 어차피 더는 잃을 것도 없는 막장인 상황이다.

하지만 남화련은 어떨까?

"자식이 에이즈에 걸렸다고 생각하면 뚜껑이 열리겠지."

설사 어찌어찌 피해서 걸리지 않았다고 해도 이미 온 나라에 소문이 난 상황이다.

"며느리? 며느리 같은 소리 하고 자빠졌네."

마약을 하고 마약쟁이와 뒹군 것도 용납을 못 하는데 에이즈라는 구설수에까지 엮인다?

"남화련은 끝났어."

이름은 단 한 글자도 언급하지 않았지만 남화련은 이제 끝난 거다.

"그리고 이렇게 됨으로써 나인나인도 끝났지."

"어째서?"

"나인나인이 보호받는 이유가 뭐겠어?"

"그거야 재벌…… 아!"

나인나인의 뒤에 있는 집단은 두 개다.

재벌가들, 그리고 국정원.

재벌가들은 자신들의 아이들을 보호하기 위해 나인나인을 보호할 수밖에 없다.

부자들이 가는 클럽들을 건드리는 경우 재벌가에서 압력을 행사하는 것은 흔히 있는 일이다.

실제로 홍보석이 박소웅 사건 이후에 나인나인에 대해 몇 차례 영장을 청구했지만 전부 기각되었다.

이것이 법이다

공식적으로 박소웅은 김시원에게 살해당한 것이기 때문이다.

"그러면 나인나인에 대한 보호가 사라지겠네?"

"맞아."

"그래도 완벽하게 사라지지는 않을 것 같은데?"

그럴 수는 없다.

미래의 보호는 사라진다 해도 현재의 보호는 아직 남아 있을 거다.

그럴 수밖에 없는 게, 여전히 나인나인에는 재벌가 자제들에 대한 증거가 넘쳐 날 테니까.

물론 지금쯤 미친 듯이 그 모든 걸 삭제하고 있겠지만 그런다고 거기에서 일했던 사람들의 기억까지 지워 버릴 수는 없다.

그렇다고 이제 와서 거기서 일하는 모든 사람들을 다 죽여 버릴 수도 없고 말이다.

"일단 홍보석 검사랑 오광훈은 나인나인에 대한 수사를 신청할 수 있을 거야. 그리고 그 기각을 막기 위한 마지막 퍼즐을 터트리면 그때부터 본격적으로 시작되는 거지."

"마지막 퍼즐?"

"김시원 씨에게 살인을 청부한 사람."

노형진은 씩 웃으며 말했다.

"국정원 요원이라는 증거 있어?"

"뭐야? 교도소?"

며칠 뒤, 신문사로 편지 한 통이 도착했다.

요즘도 신문사로 제보가 오긴 하지만 대부분 익명성을 위해서 퀵이나 이메일 같은 걸로 이루어지기에 편지 형태를 띠는 경우는 드물었다. 편지는 익명성을 보장할 수가 없기 때문이다.

발신 기록을 확인해서 우체국의 CCTV를 확인하는 건 어려운 일이 아니니까.

그런데 특이한 점은 그뿐만이 아니었다. 이번 편지의 발송지가 다름 아닌 교도소였던 것.

그것도 악명 높기로 유명한 경북북부교도소였다.

소위 청송교도소라고 불리는 곳이다.

사실 이 청송교도소라고 불리는 곳은 총 네 곳이 있다.

제1~3교도소와 경북직업훈련교도소까지 총 네 개다.

제1교도소는 보통 강력범이 들어가고, 제2교도소는 강력범 중에서도 위험한 놈들이 들어간다.

그래서 제2교도소는 철저하게 독거 전용으로 지어져 있다.

이곳에는 정말로 위험한 놈들만 있어서 다른 죄수들과의 접점이 없도록 만든 거다.

이것이 법이다

그리고 제3교도소는 일반 죄수가, 마지막 네 번째 직업훈련교도소는 죄가 가벼운 일반 죄수가 들어간다.

그런데 편지가 온 곳은 다른 곳도 아닌 무려 경북북부 제2교도소, 그러니까 최악의 강력범들만 있는 곳이었다.

"거기서 뭐가 온 걸까요?"

"글쎄."

후배 기자의 질문에 선배 기자는 시큰둥하게 말했다.

"보통은 억울하다고 찡찡거리는 거지."

"억울하다고요?"

"그래. 그런 죄수들 많아. 그런데 대부분 거짓말이고."

"음."

별생각 없이 바로 편지를 휴지통으로 넣으려고 하는 선배.

"아니, 그걸 안 보세요?"

"볼 필요가 없는데. 죄수들이 찡찡거리는 게 하루 이틀 일도 아니고."

"아니, 그래도 혹시 모르잖아요."

"짜식, 초짜라서 아직도 열의가 넘치는구나. 궁금하면 너나 봐라. 참고로 다른 곳도 아닌 청송 제2교도소다. 흉악범중의 흉악범들만 모아 두는 곳이야. 그곳에 들어갈 정도라면 미혹 같은 건 없어. 확실한 증거만 있지."

귀찮다는 듯 쓰레기통에 넣으려던 편지를 건네는 선배 기자.

후배 기자는 호기심에 그걸 건네받아서 읽기 시작했다.

그런데 그의 표정이 점점 불편해지기 시작했다.

"거봐. 그렇지?"

"어…… 선배, 이건 그런 게 아닌데요? 한번 보셔야 할 것 같아요."

"뭔데……?"

"자기가 교도소 내부에서 살인을 했다는데요."

"교도소 내부에서 살인?"

그 말에 선배 기자는 혹했다.

교도소 내부에서 살인 사건이 벌어지는 경우는 무척이나 드물다.

그리고 그걸 굳이 편지까지 보내서 기자에게 알려 주는 경우는 더더욱 드물다.

"그런데 그게 나인나인에서 청부한 거라는데요?"

"뭐?"

생각지도 못한 말이 튀어나왔다.

"거기에서 갑자기 나인나인이 왜 튀어나와?"

"말 그대로예요. 자기가 청부 살인을 했는데, 알고 보니까 그 사람이 나인나인의 회계 팀장이었대요."

"미친!"

그 말에 선배 기자는 재빠르게 편지를 낚아채서 읽기 시작했다.

내용은 간단했다. 청부 살인을 했는데 그걸 청부한 게 나인나인 같다.

그들은 박소응을 살해하면 자신의 아들을 풀어 준다고 했는데 약속은 지켜지지 않았고, 도리어 약속과 다르게 자신을 제1교도소에서 제2교도소로 이감해 버렸다는 내용이었다.

"이게 사실이라면……."

엄청나게 심각한 문제다.

다른 곳도 아니고 고작 클럽이 교도소 내부에 청부 살인을 요구할 정도의 능력을 가지고 있고, 그 후에 비밀 은닉을 위해 대상을 이감할 정도의 영향력을 가지고 있다는 소리니까.

"이거 진짜야?"

"진짜인가 봅니다. 새론을 고용해서 대응 중이라는데요?"

"새론?"

새론이라면 이번 에이즈 사건을 터트린 곳이 아닌가? 그런 곳에서 터트리는 게 과연 우연일까?

"야, 이건 우리가 먼저 터트리자."

"네? 취재는요?"

"취재는 씨팔, 일단 터트리고 봐야지. 취재하러 간 사이에 다른 새끼가 먼저 터트리면 어쩌려고? 당장 글부터 올려! 나머지는 후속 취재한다고 대충 때워!"

급한 마음에 선배는 후배를 다그쳤다.

그리고 그런 생각은 다른 언론사의 기자들도 똑같이 하고 있었다.

갑자기 터져 나오는 뉴스에 공흥구는 정신이 아득해졌다.

갑자기 거기에서 에이즈가 왜 튀어나온단 말인가?

물론 마약쟁이들 사이에서 에이즈가 도는 건 딱히 이상한 일이 아니다.

어차피 마약쟁이들은 막 사는 인간들이니까.

그러나 그게 자신이 운영하는 술집에서 터지는 건 전혀 다른 문제다.

나름 빡세게 관리했다. 그런데 뜬금없이 위에서 터질 줄이야.

"저기, 형님. 도움이 좀 필요합니다. 이번만 도와주시면……."

공흥구는 벌써 몇 번째 전화를 돌리는 건지 가늠도 되지 않았다.

도와줄 사람이 필요했다. 언론에서 떠드는 걸 어떻게든 막아야 했다.

언론만이 문제가 아니다.

이 상태로는 조만간 수색영장이 나올 게 뻔하다.

물론 증거를 빡세게 없애고 있기는 하지만 그거 말고도 걸릴 만한 게 너무나 많았다.

그랬기에 공흥구는 도움이 되어 줄 만한 사람이라면 누구라도 도움을 청하려고 닥치는 대로 전화를 돌리고 있었다.

하지만 아무도 그를 도와주려고 하지 않았다.

도움? 욕이나 안 먹으면 다행이다. 지금처럼 말이다.

—야, 이 새끼야! 도움? 도우움? 이 개 같은 새끼야. 너 때문에 내가 어떻게 되었는지 알아!

울먹이는 목소리와 그 안에 가득한 분노.

그리고 직감적으로 공흥구는 이유를 알 것 같았다.

'텄네, 씨팔.'

—이 개 같은 새끼야! 너 죽여 버릴 거야! 너 죽여 버릴 거라고! 엉엉엉!

잔뜩 술에 취해서 제대로 말도 못 하면서 소리를 고래고래 지르는 남자의 목소리에 공흥구는 전화를 끊었다.

"남화련 이 걸레 같은 년은 도대체 몇 명하고 자빠져서 잔 거야!"

그리고 폭발했다.

벌써 네 명째다. 에이즈 확진자만 네 명째.

검사 중인 사람도 있을 테고 아직 연락이 닿지 않은 사람도 있을 거다.

중요한 건 남화련 때문에 벌써 네 명이나 에이즈에 걸렸다는 거다.

정확하게는 남화련까지 총 다섯 명이 걸린 거지만.

"이런 씨팔."

그나마 서로 섹스하면서 콘돔이라도 꼈으면 다행이다.

하지만 마약에 취해서 난교 파티라도 했다면 이 문제가 얼마나 커질지 감조차도 잡지 못할 정도였다.

실제로 주변의 시선이, 또는 진짜로 에이즈에 걸렸음을 알게 될까 두려워서 검사하지 못하는 놈들도 있으니까.

"미치겠네, 진짜."

한때 가장 든든한 아군이었던 사람들이 이제 가장 강력한 적이 되었다.

자식이 에이즈에 걸린 게 공흥구의 잘못은 아니지만 부모들은 공흥구에게 분노를 쏟아 내며 길길이 날뛰고 있었다.

한 명만 잘못 건드려도 골치 아픈데 그런 수준이 아닌지라 대가리가 빠개질 지경이었다.

특히 세광퍼시픽의 경우는 당장 킬러를 보내도 이상하지 않은 상황이다.

애초에 이창수를 가지고 논 건 남화련이다. 그리고 남화련 때문에 마약에 중독된 이창수가 다른 마약중독자들과 어울리다가 에이즈에 걸린 게 이번 사건의 원인이다.

하지만 세광퍼시픽은 이 모든 게 공흥구와 나인나인의 책임이라 생각하고 있다.

이 상황에 화가 난 각 업장에서 세광퍼시픽과의 거래를 끊어 버리면서 세광퍼시픽의 주가가 말 그대로 시궁창에 처박히고 있었기 때문이다.

그래서 세광퍼시픽은 공흥구가 자신의 딸과 회사의 미래조차도 박살 냈다고 길길이 날뛰고 있었다.

"이런 씨팔."

공흥구는 확실하게 알 수 있었다.

최소한 한국에는 자신을 도와줄 사람이 없다.

더군다나 뜬금없이 김시원이 지랄하기 시작하자 어디부터 틀어막아야 할지 도무지 길이 보이지가 않았다.

"병신 같은 국정원 새끼들. 일을 제대로 해야 할 거 아냐!"

박소웅을 죽인 것은 그의 술버릇 때문이었다.

사실 박소웅을 죽이고 싶지는 않았다.

그는 능력이 뛰어난 사람이었고, 그래서 제법 오래 써먹었다.

하지만 생각지도 못한 버릇이 문제가 되었다.

박소웅은 술에 취하면 두 가지 버릇이 나온다.

하나는 음주 운전.

용케 안 걸려 왔다지만 술에 취하면 안하무인으로 차를 끌고 나가려고 했다.

물론 안하무인으로 군다고 해서 그를 봐줄 야쿠자들이 아니었기에 그때마다 술이 깰 때까지 두들겨 패서 정신을 차리게 만들어 줬다.

하지만 결국 그는 술에 취해서 공흥구의 차를 끌고 나가 버렸다.

사실 음주 운전은 문제가 안 된다.

지금까지 그래 왔듯 음주 운전하려고 할 때마다 두들겨 패면 그만이고, 이번에는 사람까지 쳤으니 이제는 아예 술을 입에 대지도 못할 때까지 개 패듯이 팰 생각이었다.

그런데 다른 문제가 있었으니 그건 바로 박소웅의 두 번째 술버릇이었다.

박소웅은 술에 취하면 근처에 있는 사람을 아무나 붙잡고 아무 말이나 지껄이는 버릇이 있는데 그 아무 말에는 나인나인의 비밀이라든가 자금 세탁이나 횡령, 심지어 재벌가 도련님들의 은밀한 사생활까지 포함되어 있었다.

게다가 실수를 저지른 게 한두 번이 아니었다.

그나마 그런 실수를 한다는 걸 알았기에 술을 마실 때는 무조건 조직의 사람을 붙여서 컨트롤해 왔다.

하지만 이 병신 같은 놈이 술에 절어서 사람을 치고는 교도소에 들어간 게 문제였다.

교도소에 있는 동안에는 술을 마시지 못하니 그런 실수를 하지는 않을 테지만, 혹시라도 그 사실을 경찰이나 검찰에서 알게 되면 위험해질 사람이 너무 많았다.

그랬기에 공흥구는 어쩔 수 없이 박소웅을 죽이는 선택을 한 것이었다.

일은 나름 했지만 너무 위험했으니까.

그리고 어차피 능력 좋은 세무 전문가야 모가지에 칼을 들이밀고 가족을 협박하면 따라오게 되어 있다.

그러면서 동시에 두둑하게 주머니를 챙겨 주면 대부분의 경우 나중에는 충성을 다한다.

그래서 국정원에 이야기해서 처분을 결정한 것이었다.

그런데 일이 이렇게 될 줄이야.

띠리리~.

그 순간 울리는 핸드폰의 벨 소리.

힐끔 전화번호를 확인한 공흥구는 자신도 모르게 침을 꿀꺽 삼켰다.

낯선 번호였다. 하지만 그랬기에 무시할 수가 없었다.

"여보⋯⋯세요?"

─공흥구. 일을 그르쳤더군.

목소리만으로는 상대방이 누군지 알 수는 없다. 하지만 그럼에도 불구하고 공흥구는 알 것 같았다.

"내가 잘못한 게 아니야. 그 미친년이 에이즈에 걸릴지 누가 알았겠느냐고!"

사실 공흥구는 남화련이 이창수를 가지고 논 걸 알고 있었다.

게다가 이런 일이 처음이었던 것도 아니다.

성별과 상관없이 사람을 가지고 논 경우는 넘쳐 난다.

이런 경우 나인나인에서 일하는 놈들은 두둑하게 돈을 준다고 좋아하지만, 사실 관점을 달리하면 공흥구가 재벌가 자제들에게 장난감을 제공하는 것이나 다를 바 없었다.

게다가 그 장난감에 마약과 도박도 포함되어 있으니 더욱 심각한 문제라 할 수 있었다.

하지만 공흥구는 모르는 척했다.

"이건 내 잘못이 아니야!"

─그러기에는 일이 너무 커졌어.

나인나인은 이미 너무 유명해졌다.

그것도 재벌가들이 모여서 노는 질퍽하고 더러운 모임 장소라고 소문났다.

3층 이상은 허락이 필요하고 심사도 통과해야 하는 아주 까다로운, 그러니까 사람들이 생각하는 부자들이 몰래 모여서 나쁜 짓을 모의하는 딱 그런 이미지의 공간이 바로 나인나인 이었다.

틀린 말은 아니다. 오히려 정확하게 맞는 말이다.

애초에 나인나인은 그런 목적으로 만들어진 클럽이니까.

"너희야말로 이야기가 다르잖아! 김시원 그 새끼는 처분한다면서!"

─김시원은 교도소에 있다. 일이 이렇게 되지 않았으면 그 놈 말을 누가 믿었겠나?

아이러니하게도 제2교도소로 이송한 게 신의 한 수였다.

교정 당국은 단순히 위험한 인간이라고 생각해서 이송한 거지만 실제로는 그 안에서 죽이려고 한 계획을 틀어 버리는 원인이 된 거다.

이것이 법이다

제2교도소는 철저한 독거실 방식으로 운영되기 때문에 죽이려야 죽일 수가 없었던 것.

그런 곳에 수감된 사람이 보낸 편지 같은 걸 기자들이 믿어 주었을 리가 없다. 나인나인이 문제가 되지 않았다면 말이다.

하지만 나인나인이 문제가 되었고, 기자들은 이슈를 탈 수만 있다면 사실 확인 같은 건 시궁창에 가져다 버린다.

실제로 그 사건으로 인해 여론은 난리가 났다.

도대체 어떻게 해야 클럽에서 교도소 살인 청부까지 할 수 있느냐는 것이었다.

"어떻게 해결해야 할 거 아냐!"

─그건 우리가 천천히 해결하지.

"천천히? 지금 천천히라고 했어? 너희 진짜 죽고 싶어? 지금 이 상황에서 천천히?"

화내려고 하던 공흥구는 그다음 순간 말문이 막혔다.

─공흥구, 선 넘지 마라. 경고는 없다.

"⋯⋯."

그 순간 공흥구는 말문이 막혔다.

상대방은 국정원이다. 자신의 '죽고 싶어?'는 협박이지만 상대방의 '죽고 싶어?'는 정말로 죽여 주겠다는 뜻이다.

─다시 한번 말한다. 선 넘지 마라. 우리가 해결할 테니, 나인나인은 구하지 못해도 너는 구할 수 있다. 무슨 뜻인지

알지?

쉽게 말해서 여기서 입 털면 네놈의 목숨은 보장하지 못한다는 뜻이었다.

─끊지.

아주 짧은 통화.

하지만 상대방이 무얼 말하는 건지 모를 수가 없었다.

'너는 구할 수 있다.' 그 말은 입 닥치고 있으면 목숨만은, 진짜 딱 목숨만 구해 준다는 뜻이었다.

"이런 씨팔."

공흥구는 자신도 모르게 눈을 찡그렸다.

하지만 벗어날 방법이 없었다.

"오빠, 그런데 말이야, 차라리 국정원을 직접적으로 까야 하는 거 아니야?"

노형진에게 서세영은 말이 안 된다는 듯 물었다.

"사실 지금이 기회잖아. 아니, 지금 공격하면 국정원은 아무것도 하지 못하고 두들겨 맞을 것 같은데?"

"뭐, 일견 그렇게 보이기는 하지."

노형진은 고개를 끄덕거렸다.

"하지만 말이야, 그건 겉으로 보기에만 그래."

"어째서? 국정원은 그래도 국가 단체잖아."

"국가 단체지. 하지만 동시에 국가로부터 불법적인 일을 공인받은 유일한 단체라고 할 수도 있지."

"불법적인 일을 공인받았다고?"

"그래, 애석하게도 말이야. 국정원이라는 곳의 업무 자체가 워낙 비밀스러워야 말이지."

국정원에서는 기본적으로 모든 업무가 비밀스러울 수밖에 없다. 그리고 그 안에는 불법적인 영역도 있다.

"애초에 국정원에서 공흥구가 나인나인을 운영하는 것을 묵인한 것도 그런 목적에서지."

국정원쯤 되는 곳이 나인나인에서 마약과 도박 그리고 수많은 성범죄가 벌어지고 있다는 걸 모를 리가 없다.

그럼에도 불구하고 그걸 방치한 것은 그곳을 통해 막대한 활동 자금을 확보하기 위해서였다.

"그리고 그건 전 세계의 모든 비밀 정부 조직들은 다 하는 일이고."

각 국가의 정보 조직 아래에는 수많은 유령 기업이 있다.

그렇다면 그 유령 기업들은 단순히 직원들의 신분을 제공하기 위한 도구일까?

아니다. 정부에서 승인받지 못하는, 아니 승인받을 수 없는 그런 작전을 위한 자금 확보 목적의 통로다.

당장 CIA만 해도 노형진과 손잡고 그런 행동을 하지 않는가?

"그리고 나인나인은 그런 용도로는 딱 적당했으니까."

북한이라는 약점을 잡고 있으니 컨트롤도 쉽고, 극도로 제한된 사람들에게 아주 비싸게 마약을 제공하니 돈을 확보하기도 쉽다.

그리고 이용자들이 자신들의 신분을 감추기 위해 노력할 수밖에 없기에 외부에서 감추기도 쉽다.

"그런 상황에서 우리가 국정원을 엮는다고 엮이겠어?"

"안 돼?"

"불가능해. 애초에 일단 기자들이나 언론사에서 국정원을 엮으려고 하지 않고. 설마 그들의 불법행위가 북한의 간첩만을 대상으로 하는 거라고 생각해?"

한때 대통령에 국회의원에 심지어 헌법재판소 대법관까지 감시하던 게 바로 국정원이다.

그런 놈들이 과연 대통령이 바뀌었다고 해서 그걸 멈출까?

"물론 외부적으로, 그리고 공식적으로는 멈췄겠지."

"공식적으로는 말이지."

"그래."

하지만 끊임없이 세력 확장을 시도하고 뒤에서 은밀하게 한국을 지배하고 싶어 하는 국정원이라면 그걸 완전히 멈출 리가 없다.

"더군다나 우리나라 국정원은 다른 나라와 다르게 아예 브레이크가 없는 상황이거든."

사실 한국의 국정원처럼 모든 권력이 집중된 형태의 첩보 집단은 주로 극단적인 독재국가에나 존재한다.

애초에 국정원의 전신인 안기부가 독재국가의 지배 수단이었고, 그 안기부 역시 과거의 중앙정보부라는 극단적 대국민 감시 시스템에서 나온 조직이니 어찌 보면 당연한 결과이지만.

"미국만 해도 기관들끼리 견제가 엄청나거든."

CIA와 FBI 그리고 국토안보부와 기타 드러나지 않은 수많은 조직들을 보유한 미국이다.

그만큼 비용은 들지만 그 대신 서로가 서로를 감시하는 시스템이 가능하다.

"하긴, 비용이 절대적인 문제이기는 하겠다."

"그래. 중요한 건 우리가 터트린다고 해도 현재의 국정원의 힘이라면 그걸 덮어 버리는 게 가능하다는 거야."

실제로 국정원에서 온갖 범죄와 병신 짓을 한 게 한두 번이 아니다.

대중에게 알려진 것만 해도 최근에 일어난 간첩 조작 사건도 있고, 심지어 외교관의 호텔 방에 무단으로 침입해서 노트북을 열어 보려다가 걸린 사건도 있다.

그 두 가지 상황은 국정원이 컨트롤할 수가 없어서 새어나간 것일 뿐이다.

간첩 사건의 경우 국정원이 공안 정국을 유도하여 국민들을 억압하고 자신들의 권력을 확장하고 특정 세력을 정치적으로 밀어주기 위해 스스로 홍보하다가 일이 틀어진 거고, 외교관 사건은 그걸 은닉했다가는 진짜 세계적으로 망신도 그런 망신이 없을 것이기 때문이었다.

　　걸린 거야 국정원이 병신 짓 한 탓이지만 여기서 감추면 그 책임을 국정원이 아니라 정부가 다 져야 하기 때문이다.

　　결국 그 사건은 '정부는 몰랐고 국정원의 극히 일부가 과잉 충성했다.'라는 말도 안 되는 주장을 합리화하기 위해 어쩔 수 없이 대중에 공개해야 했다.

　　실제로 그 당시 국정원이 한 변명이 그거였다.

　　"그리고 국정원, 아니 정보 조직이라는 특성상 그 새끼들은 끊임없이 꼬리를 자르려고 몸부림치거든."

　　"그거랑 이번 사건이 무슨 관계야?"

　　"국정원은 스스로 손발을 자르면서 고립되려고 한다는 거야. 그리고 나는 그걸 이용한 것뿐이고."

　　자신들이 드러나지 않았다고 생각하는 상황이다.

　　그런 상황에서 일이 커지면 국정원은 자신들을 감추기 위해 스스로 손발이 되는 자들을 자르기 시작할 것이다.

　　"그리고 나중에는 자를 수 있는 손발 자체가 없게 되지."

　　"결과적으로 똑같은 거 아닌가?"

　　국정원이 연루된 상태에서 잘라 버리든가, 아니면 국정원

없이 그냥 홀로 잘려 버리든가. 결국 끊어지는 건 마찬가지처럼 보였기에 서세영은 고개를 갸웃했다.

"아, 달라."

"다르다고?"

"그래. 국정원에서 자를 때는 뒤집어쓰라고 할 테니까."

그러면 저쪽의 증언은 어떻게 될까? 당연히 '사실은 우리가 했습니다.'가 된다.

"하지만 국정원이 뒤집어쓰라고 할 필요가 없다면 이야기가 달라지지. 잘려 나간 쪽에서는 자기만 지키면 되거든."

실제로 김시원의 고발에 나인나인과 공흥구는 그런 적이 없다고 주장하고 있다.

하지만 사람들은 그렇게 생각하지 않는다.

이미 경찰의 수사가 진행되고 있고 그 와중에 내부 정보가 조금씩 새어 나오고 있는 데다가 기자들이 김시원의 주장에 검증하고 있으니까.

실제로 김시원의 주장대로 누군가 찾아왔다는 기록이 모두 삭제되었고 실제로 계속 그의 근무처가 바뀌었으며, 심지어 그들이 찾아간 시점의 CCTV 기록마저 지워져 있었기 때문에 뭔지 모를 압력이 있었다는 걸 확신하고 있는 상황이었다.

당연히 김시원의 살인 청부를 받았다는 주장은 그러한 검증 과정을 거쳐서 점점 진실로 받아들여지고 있었다.

"하지만 국정원이 관련되어 있었다면 어떻게 되겠어?"

"아!"

나인나인에서 '사실은 저희가 했습니다.'라고 밝히면서 사건은 그들의 책임으로 마무리되었을 것이다.

어차피 이 시점에서 나인나인은 망할 수밖에 없으니까.

그 결과 국정원은 완벽하게 빠져나갔을 테고.

그랬다면 나중에 노형진이 '사실은 국정원이 배후입니다.'라고 밝혀 봐야 아무도 믿지 않았을 거다.

"하지만 이제 미래에 국정원을 엮으면 이야기는 달라지지."

국정원은 손절을 했고 나인나인은 스스로를 지키기 위해 노력 중이다. 이 상황에서 국정원이 연관되어 있었음이 나중에 알려진다면?

당연하게도 나인나인은 '거봐요. 내가 안 했다고 하지 않았습니까?'라고 나올 수밖에 없다.

어차피 그들은 손절당했고 미래는 없으니까.

"오빠는 거기까지 계산하고 움직이는 거야?"

"그렇지."

"머리가 아프다, 진짜."

서세영은 고개를 절레절레 흔들었다.

"어찌 되었건 지금으로서는 국정원을 건들지 않겠다는 거네?"

"그래. 아직은 북한과 엮이지 않은 상황이니까."

국정원이 북한의 마약을 한국에서 뿌릴 수 있게 해 준 행위는 명백하게 반역 행위다.

하지만 그냥 터트린다면 분명 덮여 버리거나 말도 안 되는 다른 죄로 정리될 거다.

"그러면 결국 국정원은 건드리지 못하는 거 아니야? 애초에 북한에서 '사실은 국정원을 통해 마약을 팔았습니다.'라고 이야기해 줄 이유가 없잖아."

"뭐, 그렇긴 하지."

노형진은 어깨를 으쓱했다.

"하지만 내가 아는 국정원이라면 절대로 가만있지 않을 거야. 그러니까 기다리자고."

비슷한 시각. 조용한 안가에서 국정원 내부의 주요 인사들이 모여서 회의 중이었다.

누구도 모르는 공간. 심지어 국정원장조차도 모르는 비밀스러운 안가.

그곳에서는 불만이 터져 나왔다.

"우리 신세가 말이 아니에요."

"맞습니다! 허, 우리 꼴이 어쩌다 이렇게 된 겁니까?"

국정원의 주요 인사들은 다들 불만을 품을 수밖에 없었다.

어쩔 수가 없다. 그동안 삽질을 워낙 많이 했고 그 결과 국정원 내부의 업무가 많이 바뀌었으니까.

결정적으로 박기훈은 국정원이 내부 감시, 정확하게는 국민들과 정치인들을 감시하던 걸 막았고 그걸 계속하기 위해서는 비밀리에 자금을 마련해야 했다.

그걸 포기할 수는 없었다.

그게 국정원 권력의 핵심이었으니까.

그로 인해 북한과 중국의 정보 라인이 초토화되어야 했지만 알 게 뭔가? 어차피 필요한 정보는 미국에서 준다.

국정원 관계자들은 그렇게 믿고 있었다.

그래서 다 때려치우고 오로지 권력을 위해 국내 감시에만 매달리고 있었다.

"망할 박기훈 같으니라고."

문제는, 박기훈은 국정원과 친밀하지 않다는 거다.

사실 사람들이 모르는 게 하나 있는데, 국정원은 대통령의 인사에 아주 깊숙하게 개입한다는 거다.

물론 추천권 같은 건 없다.

하지만 국정원은 후보자가 결정되면 그에 대해 조사하고 보고하는 업무를 한다.

그렇게 국정원은 대통령의 인사에 적극 개입한다.

종종 사람들이 이해할 수 없는 인사가 이뤄지고 이후 실패하는 경우는 대부분 국정원에서 노렸기 때문이다.

만일 대통령이 자기들 마음에 들지 않으면 잘못된 정보를 제공함으로써 고의로 인사 실패를 유도하고 적극적으로 지지율 하락을 유도하는 방식으로 정권의 창출을 시도하는 거다.

실제로 정치인들의 부패 때문에 장차관들의 목이 날아가는 건 그들에 대해 몰라서가 아니라 국정원이 그들을 추천했다가 적절한 시점에 목을 날린 경우가 대부분이다.

그렇게 함으로써 자신들의 힘을 자랑하는 거다.

"박기훈 그 새끼는 우리 말을 안 들으니 원."

문제는 박기훈이 그걸 듣지 않는다는 거다.

물론 보고서는 올린다. 그런데 그 보고서를 다른 곳에서도 올리게 하는 게 문제다.

보고서를 경찰에서도, 검찰에서도 올리게 한다.

물론 몰래 한다고 하면 불법이다.

하지만 박기훈은 후보자에게 그 사실을 고지하고, 응하면 심사를 통해 사람을 뽑았다.

"이 방법을 제시한 게 노형진 그 새끼죠?"

"맞소."

이는 노형진이 자문 위원을 할 당시에 제시한 방법이다.

몰래 뒷조사를 하면 불법이지만 당사자의 동의를 얻으면 합법이니까.

사실 이건 조사 여부와 상관없이 권력에 미친 부패 사범을 거르는 데 제법 효과가 좋다.

스스로에게 자신이 없으면 그에 동의할 수가 없어서 자연스럽게 포기하게 되니까.

실제로 박기훈의 인사에서는 뽑고 나니까 생각보다 무능력하거나 개인적 사상으로 움직이는 사람은 있을지언정 부패로 인해 물러난 사람은 단 두 명뿐이었다.

그마저도 권력을 잡고 부패한 거지 그 이전부터 부패한 인간은 아니었다.

"이번 사건도 노형진 그 작자 짓거리죠?"

"그렇겠죠. 새론에서 한 거니까."

"노형진, 노형진! 그 새끼는 도대체 뭐가 불만이랍니까?"

자꾸 자신들을 방해하는 노형진에게 국정원 요원들은 불만이 많았다.

"그나마 다행인 건 이번에는 우리에 대해 모르는 것 같다는 거요."

"글쎄요. 다른 놈도 아닌 노형진입니다."

정보력은 세계 제일이라고 불리는 미다스의 대리인이다. 때때로는 국정원조차 모르는 사실을 알고 있기도 했다.

심지어 CIA까지 정보를 받아 간다는 말이 있기도 했다.

물론 이들은 소문으로 알고 있지만, 그건 사실이었다.

"노형진이 알고 있었다면 우리를 그냥 두었겠소?"

"그건 그렇습니다만."

"일단 당분간은 꼬리를 자르고 조용히 지내야 할 듯하오."

"끄응, 하지만 그러면 돈이······."

"돈이야 뭐, 넘쳐 나는데 뭘."

아래에서 활동하는 국정원 요원들 입장에서는 한 푼의 예산도 아쉬운 게 사실이지만 단장급이나 실장급 입장에서는 넘쳐 나는 게 돈이다.

왜냐하면 국정원의 예산은 감사 대상이 아니기 때문이다.

알 수도 없고, 알려고 해서도 안 된다.

실제로 중앙정보부에서부터 안기부 그리고 국정원을 거치면서 단 한 번도 감사받은 적이 없는 조직이 바로 국정원이다.

그 때문에 이들이 그 돈을 빼돌려서 집이나 명품을 사거나 룸살롱에 가서 아가씨들의 가슴을 주물러도 누구도 뭐라고 할 수 없다.

애초에 사용처 자체를 증명할 수가 없으니까.

실제로 그렇게 빼돌린 정치자금을 일부 정치인에게 주고 있기도 했고 말이다.

"하지만 그래도 대책은 세워 놔야지요."

"끄응······ 고민 좀 해 봅시다."

그들의 고민은 깊어질 뿐이었다.

폐기될 것인가 폐기할 것인가

홍보석은 지칠 대로 지친 얼굴이었다.

그런 홍보석을 보면서 노형진이 혀를 끌끌 찼다.

"요 근래에 잠 제대로 못 주무시나 보군요."

"못 자는 정도가 아니죠. 매일같이 전화해서 은근히 압박하는 놈들이 있습니다."

"공개하시죠."

"하려고 했죠. 그런데 조사해 보면 없는 전화번호라고 하더군요."

고개를 절레절레 흔드는 홍보석.

그 말에 오광훈은 안다는 듯 고개를 끄덕거렸다.

"아, 맞아. 나도 겪어 봤지."

"뭘 겪어 봐?"

"익명으로 오는 전화 말이야."

"익명으로 오는 전화?"

"스타 검사들은 다 한 번쯤은 겪어 봤을걸."

스타 검사, 즉 새론에서 키운 검사들은 외부에서 압력이 들어오면 그걸 녹음했다가 나중에 발신 번호를 조사해서 처벌한다.

실제로 스타 검사 초기만 하더라도 어떻게 해서든 압력으로 사건을 덮으려고 하던 놈들이 넘쳐 났다.

지극히 흔한 일이었고 그걸 이용한 사기도 많았다.

예를 들어 전화해서 '누구누구 비서실입니다.'라고 밝히며 어떤 사건에 대해 선처를 바란다고 하거나 '나 누군데 어떤 사건 덮어.'라고 명령하는 것이다.

정상적인 검사라면 그걸 무시하거나 처벌해야 하지만, 검사들 사이에서는 그런 전화의 뒤를 캐는 건 암묵적으로 해서는 안 되는 일로 취급하고 있었기에 보통은 시키는 대로 했다.

하지만 스타 검사들은 그걸 조사했고, 그 결과 사칭해서 형량을 줄이는 사기가 있다는 사실이 드러났다.

심지어 그런 사기가 경찰과 검찰, 심지어 법원에까지 있었는데, 그 전화 한 통에 많은 검사들이 의심도 없이 사건을 덮어 왔던 것.

"그랬더니 이 새끼들이 전략을 바꾸더라고."

추적이 불가능한 대포폰이나 특정할 수 없는 장비를 이용해 전화해서 압박을 가하기 시작한 것이다.

추적은 불가능하지만 압박은 되니까 손해 볼 일이 없는 전략이라는 거다.

"진짜로?"

노형진은 너무나도 어이없어서 다시 물었다.

"신분 확인도 안 하고 그냥 그렇게 시키는 대로 해 왔다고?"

"신분 확인이 되겠냐? 전화해 봤자 자기는 모르는 일이라고 할 게 뻔한데."

그렇다고 추적 조사를 하자니, 그게 사실이라면 상대를 건드린 대가로 모가지가 날아갈지도 모르는 상황.

"조사해서 모가지가 날아가든가 사건을 덮지 않아서 모가지가 날아가든가 결과는 똑같으니까."

하지만 스타 검사들이 생기면서 상황이 바뀌었던 것.

"전화기를 꺼 두면 문제가 없지 않나요?"

"애초에 심적인 압박감을 주기 위한 목적이니까요."

'더 이상 건드리지 마라. 더 이상 건들면 너도 죽는다.'라는 하나의 협박 방법이라는 것.

"그 뒤에 누가 있는지는 모르지만 수사도 불가능하고, 그렇다고 계속 차단할 수도 없죠."

어차피 그 전화번호는 가짜일 테고, 그 번호를 막아 봐야 다른 번호로 접촉하면 그만이다.

　최악의 경우 사건 관련자의 번호가 우연히 섞일 수도 있기에 차단은 소용없다.

　"전화의 요구 조건은 하나예요. 그냥 사건을 덮으라고."

　"용케 사건이 재배당되지 않았네요."

　"그랬다가는 일이 더 커진다는 걸 아니까."

　다른 사람도 아닌 스타 검사가 관련된 일이다. 당연히 재배당하려고 하면 그 자체가 사건을 덮으라는 하나의 신호가 되어 버린다.

　"그래요? 그래도 녹음 파일은 있으시죠?"

　"녹음 파일이야 당연히 있죠."

　"그러면 수사하면 되죠."

　"전화번호가 없다니까."

　"누가 전화번호를 조사하래? 목소리를 조사하라고."

　"목소리를?"

　"그래. 하긴, 보통은 목소리를 조사할 일이 없으니까 너희가 잘 모르기는 하겠네. 하지만 목소리를 조사하지 말라는 법은 없다고."

　실제로 보이스피싱 사건에서도 전화번호가 가짜이다 보니 주요 핵심 증거는 목소리가 된다.

　"아무래도 검찰에서는 증거를 공개할 마땅한 방법이 없기는 하지. 하지만 다른 곳도 그럴까? 유튜브도 있고, 다른 온갖 렉카 채널도 있잖아."

목소리를 공개하고 본격적으로 수사한다면 어떨까?

"운이 좋다면 아마 전화한 놈들을 추적할 수 있을 거야. 누군지는 안 봐도 뻔하지만."

그렇다. 보나 마나 국정원에서 위협하는 걸 거다.

"아무리 국정원 요원이라고 해도 누군가는 그 목소리를 알 가능성이 크지."

실제로 지금은 사라진 사건 추적 프로그램에서 범인의 목소리를 틀어 주고 범인을 특정하는 데 성공한 적이 있었다.

"국정원 요원은 철저하게 익명성을 지키는 게 중요해. 그런데 누군가 목소리를 알아듣고 제보한다면 아무래도 곤란하겠지. 그리고 그런 전화를 하는 놈들이 과연 하위직일까?"

아무리 국정원이 상명하복이 철저한 곳이라 해도 불법적인 일을 하기 위해서는 그만큼의 위험부담을 감수해야 한다.

당연하게도 이런 일을 하위직에게 시키면 나중에 문제가 생길 가능성도 커진다.

"목소리가 공개되면 더 이상 전화하기 힘들어지지. 애초에 사람들이 지금 흥분한 이유가 뭔데? 정치인이나 재벌가도 아닌 일개 술집 주인이 대한민국의 사법 시스템을 농단했다는 것 때문이잖아. 돈만 주면 누구든 사법 시스템을 농단할 수 있는 현 상황에 과연 사람들이 분노를 안 하겠어?"

그 말에 오광훈은 약간은 시큰둥하게 말했다.

"그런 거야 목소리 변조만 하면 그만이잖아?"

"물론 그러겠지. 하지만 말이야, 중요한 건 전화라고."

"응?"

"검사라서 그런가, 정치적인 문제를 모르네."

검사에게 전화해서 사건을 덮으라고 한다.

물론 전화번호와 목소리를 변조하면 특정은 불가능할 거다.

"하지만 중요한 건 누군가 사건을 덮고 싶어 한다는 거지."

"아하!"

누군가는 사건을 덮고 싶어 한다. 그리고 그걸 국민들에게 알린다는 것 자체가 상당히 중요한 요소가 되는 것이다.

국민들 입장에서는 누군가 권력자가 이 사건을 덮으려 한다고 인식하게 되는 거니까.

"전화번호에 목소리까지 변조해 가면서 장난하는 놈은 없으니까."

그런 장비가 없는 건 아니다. 실제로 보이스피싱 조식은 사기를 칠 때 그런 장비를 쓴다.

문제는 그런 장비가 절대로 싼 물건이 아니라는 거다.

당연하게도 그걸 사서 쓸 정도라면 기본적으로 진짜 권력이나 돈이 막대하게 필요하다고 생각할 수 있다.

"수사를 못 한다? 물론 못 하지. 이건 방법이 없지."

애석하게도 현대 기술로는 그렇게 변조된 번호를 추적하는 건 불가능하다.

이것이 법이다

그나마 발신지를 추적해서 그곳에 설치된 변조기 정도만 처리하는 게 일반적이다.

"하지만 그 대신에 사람들에게 충격을 줄 수는 있지."

이렇게 대중에게 공개된 사건조차도 누군가 끊임없이 덮으려고 한다.

과연 그걸 국민들이 안다면 사건에 대한 관심이 쉽게 사라질까?

"아, 그렇겠네."

"이건 꺼질 수가 없는 장작인 셈이군요."

"맞습니다."

사람들이 관심을 가지고 목소리를 추적하기 시작하면 결국 국정원의 활동 반경은 작아질 수밖에 없다.

"하지만 그런다고 해서 국정원을 엮을 수는 없을 것 같은데요."

"맞아. 국정원에서 인정하지 않을 텐데?"

노형진은 그 말에 어깨를 으쓱했다.

"굳이 국정원의 이야기를 들을 이유가 있어?"

"뭐?"

"국정원의 철칙이 뭔데? '부정도, 긍정도 하지 않는다.' 야."

"그런데?"

"그런데 그게 때때로는 함정이 되거든."

"그게 함정이 된다고요?"

"네. 일단 방향이 잡히면 뭘 해도 믿지 않으니까요."

만일 국정원에서 부정한다? 그래도 사람들은 믿지 않는다.

국정원에서 긍정한다? 그러면 국정원은 곤란한 처지가 된다.

국정원에서 부정도, 긍정도 안 한다? 그러면 사람들은 자기들 마음대로 생각한다.

"그러니까 우리는 방향만 잡아 주면 되는 거지. 그걸 막는 건 국정원일 테지만, 후후후."

국정원은 항상 조용한 편이다. 소리를 지르거나 싸우거나 하는 분위기는 아니니까.

하지만 이 순간 국정원장실은 어느 때보다 조용했다.

아니, 조용하다 못해 무거운 분위기에 질식할 정도였다.

"조 실장하고 곽 실장 그리고 서 팀장. 할 말 있어?"

"……."

"이 미친 새끼들아, 미쳤어? 어? 국정원, 그것도 블랙 팀을 이끈다는 새끼들이 협박 전화? 너희들이 제정신이야? 어?"

"아니, 그게……."

그 말에 세 사람은 할 말이 없었다.

이것이 법이다

홍보석에게 협박 전화를 해서 어떻게 해서든 입을 막아 볼까 했다.

실제로 이렇게 하면 압박을 받아서 고집을 꺾는 인간들이 적지 않았으니까.

그런데 설마 그걸 대놓고 인터넷에 유포할 줄은 몰랐다.

언론이었으면 어떻게 막아 보기라도 하겠는데 언론이 아니라 유튭을 통해 뿌리는 바람에 막을 방법이 없었다.

"저희 신분은 드러나지 않았습니……."

쾅!

애써 변명하려고 했지만 국정원장에게 그런 변명이 먹힐 상황이 아니었다.

"신분이 안 드러나? 이 미친 새끼야! 그러면 너희들이 왜 내 앞에 있는데?"

"……."

"하, 씨팔. 내가 너희들이 아래에서 뭔 짓을 하는지 모를 것 같아?"

국정원장도 안다, 일부 국정원 요원들이 정치적 목적을 가지고, 혹은 이권을 위해 움직인다는 걸.

조국에 대한 충성. 소리 없는 헌신.

음지에서 양지를 지향한다.

국정원을 대변하는 수많은 표현이다. 하지만 현실은?

전혀 다르다.

사실 저런 표현은 진짜 조국을 위해 목숨을 바치는 일선 요원에게나 맞는 표현이다.

권력을 맛보고 거기에 물들기 시작하면 천천히 이권을 챙기기 시작한다.

마치 군대에서 병사들은 낮은 보상에도 불구하고 조국을 위해 인생을 바치지만 장군들은 접대받으면서 룸살롱에서 여자 가슴이나 만지는 것처럼 말이다.

"그래도 발표에 저희가 국정원이라고는 언급되지 않았습니다."

실제로 홍보석은 협박 전화를 받았다는 사실을 공개할 때 국정원이라고 한 적은 없다. 이들이 스스로를 국정원이라고 하지도 않았고.

"그래서 뭐? 뭐가 바뀌는데, 이 미친 새끼들아! 너희들은 댓글 안 봐? 댓글 조작은 잘만 하는 새끼들이 정작 댓글은 안 보네?"

─이야, 일개 술집 권력이 어디까지 닿아 있는 거임?

─술집 권력이 얼마나 대단하기에 신분도 밝히지 못하는 분들이 전화해서 덮으라고 지랄하는 걸까?

─나인나인의 권력은 우리나라 대통령 이상임. 비선실세 모름, 비선 실세?

─이제 민원 넣으러 나인나인 가야겠구만.

—니 재력으로는 입장도 불가다.

—정부 민원은 1번부터 50번대 초이스 하시고 사법 민원은 50번부터 100번대, 군대 민원은 100번대부터 150번대, 기타 민원은 150번부터 200번대 초이스 부탁드립니다.

—저기 클럽임. 룸이 아니고. 그리고 아가씨가 고작 200이라니? 장난하심? 요즘은 어지간한 룸이면 아가씨 사백 명대 끊는다. 조사하고 다시 와라.

개판 난 인터넷 댓글난.

"이런데 뭐? 아직은 신분이 안 드러났다고? 미친 새끼들이 진짜."

"그래도 목소리만으로 저희를 특정하지는……."

"지랄하지 마, 이 새끼들아. 이러고도 너희들이 블랙 요원이야? 블랙 요원이냐고!"

사실 블랙 요원은 자신의 신분을 감춰야 한다. 심지어 가족조차도 그들이 국정원 요원이라는 것을 몰라야 한다.

그래야 하는데…….

"가족은 몰라도 국회의원들은 알더라?"

그 말에 세 사람은 자신도 모르게 눈을 데굴데굴 굴렸다.

실제로 그런 게 사실이니까.

가족에게도 감춰야 하지만 정치인들에게 접근해서 자신이 국정원 요원이라고 신분을 공개하면서 정치적인 결탁을 하는 놈들이 꼭 있다.

"이 미친 새끼들, 너희들 다 징계야! 전원 대기 발령이야!"

"그럴 수는 없습니다!"

"우리가 조국에 얼마나 충성했는데!"

"그러면 너희들은 어쩔 건데? 응? 목소리가 새어 나갔어. 그런데 누가 너희 목소리를 알아들으면? 너희들이 아직도 블랙 요원인 줄 알아!"

블랙 요원의 가장 중요한 핵심은 바로 익명성이다. 그런데 목소리가 새어 나갔다.

당연하게도 그 시점부터 익명성은 나가리 된 거다.

'설마 누가 알아듣겠어?'라고 하기에는 위험성이 너무 크다.

더군다나 블랙 요원은 외부에 드러나는 일을 해서는 안 되는 사람이다. 그런데 얼굴이 드러나지 않았다고 안심하고 나갔다가 거기서 걸리기라도 하면?

"어디 끌려가서 고문당하고 싶어!"

"……."

실제로 블랙 요원은 비공식적인 일을 하다가 실종되거나 죽기도 한다.

"너희들은 진짜!"

"원장님."

그 순간 들어오는 한 요원.

그는 안에 있는 세 사람을 차갑게 노려봤다. 그 눈빛에는 경멸이 가득 차 있었다.

'저 미친 새끼가!'

자신과 같은 급도 아니고 저 아래쪽에 처박혀 있는 새끼가 자신들을 노려본다는 사실에 세 사람은 속에서 열불이 터졌다.

'너 이 새끼, 잠잠해지면 뒈졌어.'

'넌 하얀 방행이다.'

'내가 넌 무슨 수를 써서라도 번개탄 먹인다.'

'하얀 방'.

국정원 내부에서 이루어지는 비공식적인 고문이다.

아무것도 없는 하얀 방에 업무를 맡긴다는 이유로 가두어 두고 미치게 만드는 거다.

주로 자기 파벌이 아닌 놈들을 제거하는 용도로 사용된다.

실제로 불법행위에 가담하지 않았다는 이유로 거부하는 조직원을 하얀 방에 가두어 고문하고 미쳐 버리게 하는 게 국정원의 처리 방법 중 하나였다.

번개탄은 국정원 내부에서 처분할 때 쓰는 방법이다.

다른 조직과 다르게 유독 국정원은 번개탄으로 자살하는 사람이 많다.

어찌 보면 당연한 게, 가장 확실하면서도 증거도 없이 사람을 죽이는 수단으로 번개탄만 한 게 없으니까.

자연스럽게 가스에 취해서 죽어 버리면 살인의 증거도 남지 않는다.

실제로 국정원은 매년 몇 명의 요원들이 번개탄으로 자살한다.

특이한 점은 그 모든 요원들이 꼬리 자르기에 해당되는 직원들이며 동시에 죽는 순간까지도 국정원에 대한 구국 충정의 마음을 감추지 않는 유서를 남겼다는 거다.

물론 수십 년간 국정원은 '우연'이라고 주장하고 있고 실제로 경찰은 대부분 제대로 된 조사도 하지 않고 사건을 덮어 버린다.

자신을 노려보는 세 사람의 시선을 무시한 요원은 원장에게 다가가서 귓속말하면서 뭔가를 건넸다.

그리고 다시 몸을 돌려서 세 사람을 마주 노려보고는 조용히 밖으로 나갔다.

"하, 씨팔."

"원장님, 무슨 일입니까?"

"무슨 일입니까?"

"이 미친 새끼들아. 너희들, 후우……."

원장은 이를 박박 갈면서 서류를 건넸다.

"뭡니까?"

"너희 눈깔로 똑바로 봐라."

"도대체 뭐가……."

말을 하던 세 사람은 거기에 올라온 글을 보면서 흠칫했다.

—어, 이 목소리 나 암. 친구 아빠임. 그런데 국정원에서 일한다고 들었는데 왜 여기서 나오는 거임?

"친구 아빠?"

"그……."

"아니, 그게……."

확실히 셋 다 자식들이 있고 다들 한창 친구들을 사귈 때다. 그래서 실제로 우연이라도 스친 적이 없는 건 아니었다.

하지만 그들에게 단 한 번도 자신이 국정원에서 일한다고 말하지는 않았다.

아니, 가족들에게조차도 국정원에서 일한다고 하지 않았다.

"너 이 새끼들. 미쳤구나? 아주 그냥 국가 기밀을 질질 싸고 다니는구나! 질질 싸고 다녀!"

"아…… 아닙니다. 진짜로 저희는 아닙니다."

물론 권력을 얻기 위해 국정원 신분을 일부 국회의원이나 정치인에게 공개한 건 사실이다. 하지만 얻을 것도 없는 가족에게 왜 말한단 말인가?

가족들에게는 단 한 번도 이야기한 적이 없다.

"뭐? 신분이 안 새어 나가?"

"오해이십니다, 원장님!"

"지랄하지 마, 이 새끼들아."

원장은 이를 악물었다.

사실 국정원이 자유신민당이랑 친한 게 하루 이틀이 아니다.

애초에 국정원은 자유신민당에 의해 만들어졌고, 그래서 매 선거마다 그들을 위해 선거 조작에 힘써 왔다.

사실 진보 계열 정권에서 국정원은 이용하는 대상이 아니라 감시와 견제의 대상이다.

그걸 알기에 조심한다고 했는데도 이 꼴이 난 거다.

"너 이 새끼들 당장 꺼져. 전원, 대기 발령이야."

그 말에 세 사람은 얼굴이 사색이 되었다.

외부에 드러나 버린 요원의 처우는 보통 세 가지다.

첫 번째, 화이트 요원으로의 전환.

보통은 외교부로 가는 게 일반적이다.

하지만 이들은 나이도 높고 직급도 높다. 외교부로 보낼 만한 인사가 아니다. 그러므로 가지 못한다.

두 번째, 내근직으로 전환.

말이 전환이지 이미 이들은 내근직이다. 다만 담당해야 하는 모든 업무가 극비 사항이라는 차이만 있을 뿐이다.

당연히 내근직으로 가겠지만 할 거 없는, 말 그대로 한직으로 내쫓길 거다.

그리고 그들이 부하들에게 했던 것처럼 하얀 방에서 고문당하면서 나갈 때까지 괴롭힘당할 거다.

마지막 세 번째, 속칭 마티즈형. 정체 모를 유서를 쓰고 그 후에 자살.

지금까지 몇 번이나 그렇게 자기들의 말을 안 듣거나 폐기 대상이 된 요원들을 처분해 왔다.

원래는 걸릴 일이 없었지만 그렇게 처분된 것으로 의심된 요원에 대해 한 번 걸렸는데, 그때 하필이면 마티즈를 이용하는 바람에 문제가 된 것이다.

'아, 안 돼……. 그럴 수는 없어.'

결국 세 사람은 바들바들 떨기 시작했다.

물론 그런 경우는 아주 드물다. 하지만 때때로는 어쩔 수 없이 그런 일이 벌어지기도 한다.

특히 블랙이었다가 화이트가 되는 경우 그가 아는 정보가 위험한 정보인 경우가 많기 때문에 더더욱 그렇다.

아예 처음부터 화이트였다면 모를까, 블랙으로 있다가 화이트가 되는 경우에는 그를 노리는 외부 조직이 있을 가능성이 너무 크기 때문이다.

특히나 이 세 사람은 오랜 시간 블랙 요원으로 살았다.

만일 그들 중 누군가 드러난다면 곱게 죽기는 힘들 것이다.

"저희는 억울합니다!"

"억울이고 나발이고 너희는 근신이야!"

그러나 국정원장의 분노는 그들의 사정과는 다르게 걷잡을 수 없이 커지고 있었다.

⚖

"인터넷에서 국정원 이야기를 한 건 좋았지만 사람들은 설마 하는 눈치인데?"

"맞아요. 국정원에서는 예상대로 긍정도, 부정도 하지 않고 있고요."

"딱히 이상할 건 없죠."

국정원이니까.

그들은 그 안에서 무슨 일이 벌어지든 외부에 이야기하지 않는다.

심지어 온갖 불법적인 일이 벌어져도 말이다.

"그러면 보통 장작이 떨어지기 마련이니까요."

"장작요?"

"손뼉도 마주쳐야 소리가 난다고 했습니다."

아무리 외부에서 '이거 국정원 아니냐?'라고 소리쳐 봐야 국정원에서 철저하게 무시하면 자연스럽게 사람들의 관심은 사라지기 마련이다.

실제로 기자들이 누군가를 죽이고 싶을 때 쓰는 방법은 끊임없이 기사를 올리는 거다.

상대해 주는 사람을 만들어야 그 불씨는 계속 이어지는 법.

"그리고 국정원은 그걸 잘 압니다."

그랬기에 그들은 철저하게 무시하는 걸로 처리할 거다.

"그러면 소용없는 거 아닌가요?"

홍보석은 걱정스럽게 물었다.

저들이 반응하지 않는다면 당연히 이쪽에서 물어뜯을 수도 없게 되니까.

"아, 그래서 다른 쪽으로 물고 늘어지면 됩니다."

"다른 거?"

"마티즈 사건을 떠올리시죠."

"마티즈 사건요? 알아요."

국정원 요원이 타살이라고 의심되는 자살을 한 사건.

그는 홍안수와 관련된 심각한 정치적 사건과 연관되어서 자살했다. 그리고 그의 자살로 사건의 수사는 멈추고 모든 건 은닉되었다.

하지만 그의 자살에는 여러모로 이상한 점이 많았다.

이미 자기 차량이 있음에도 불구하고 자살하기 일주일 전에 굳이 전액 현금으로 마티즈를 산 것도 이상했고, 그 차량을 끌고 굳이 사람이 없는 산속으로 들어간 것도 이상했고, 번개탄을 산 기록이 없는데도 번개탄을 피워서 자살한 것도 이상했으며, 자살했다는 사람이 얼굴과 몸에 상처가 있는 것도 이상한 일이었다.

하지만 경찰은 자살로 수사를 종결했고, 그 이후로 사건의 수사는 멈춰 버렸다.

"대놓고 자살당한 사건이었죠."

하지만 그걸 아무리 말해도 국가에서 자살이라고 못 박아 버리는 상황에서 대중이 할 수 있는 건 없었다.

"그러니까 그걸 이용하는 거죠."

"어떻게요? 그 사람들에게 자살당하기 싫으면 사실대로 말해라, 뭐 그런 이야기를 하라는 건가요?"

"그럴 리가요."

노형진은 어깨를 으쓱했다.

"자살당할 이의 가족에게 이야기해 주면 됩니다."

"가족?"

"네. 가족들이 나서서 자살당하는 걸 막아 달라고 하면 과연 국민들이 어떻게 생각하겠습니까?"

"하지만 그게 누군지 알고……."

확실하게 인터넷에 국정원이라는 소스를 흘려서 엮는 데 성공하기는 했지만 아무리 노형진이라고 해도 그 안에서 벌어지는 정보를 캐내는 건 불가능하다.

"아, 걱정하지 마. 알 만한 곳이 있으니까."

"알 만한 곳?"

"응, 아마 확실하게 알걸. 후후후."

⚖

국정원은 CIA의 감시 대상이다.

물론 스파이를 모두 감시하고 그러는 건 아니다.

하지만 그 안에서 벌어지는 이상 징후는 모두 CIA에서 감시한다. 그리고 그중에는 갑작스러운 인사이동도 포함되어 있다.

자세한 조사 같은 건 필요 없다.

상황이 이렇게 되면 국정원에서는 알아서 직위 해제나 대기 발령을 내렸을 테니까.

그리고 실제로 세 사람이 그중에 포함되어 있었다.

"세 사람이더라."

조궁태 실장, 곽도찬 실장, 그리고 서은광 팀장.

"용케 알아냈네? 어떻게 알아낸 거야?"

"쉿, 비밀. 하지만 확실한 건 이 세 사람이 갑자기 대기 발령 상태로 넘어갔다는 거야. 그러면 답은 뻔하지."

아무리 전화기 너머의 목소리가 평소 목소리와 다르다고 해도 그걸 못 알아들을 국정원이 아니다.

즉, 이 세 사람이 전화를 통해 사건을 덮으라고 했던 인간들이라는 소리였다.

"지금이 인사철은 아니니까."

더군다나 CIA의 말에 따르면 이들은 철저하게 블랙 요원 라인에 속해 있다고 했다.

그럼에도 불구하고 외부로 인사 발령이 드러났다는 것은 화이트 요원으로 보낸다는 거다.

문제는, 이 화이트 요원으로 보내기 위한 행동이 사실상 그 요원으로서의 수명을 끝낸다는 의미라는 거다.

  "갑작스러운 화이트 요원으로의 전환은 많은 걸 의미하지."

  "흠, 그런데 그거까지는 알겠는데 이 사람들을 어떻게 하려고?"

  솔직히 특정한다고 해서 국정원에서 그를 대놓고 말하지는 않은 상황이다.

  "어떻게 하긴. 말했잖아, 가족들을 설득할 거라고."

  "가족들을 어떻게?"

  "만일 가족이 죽을 수도 있다는 걸 알게 되면 너는 어떻게 하겠어?"

  "어…… 그거야 어떻게 해서든 구하려고 하겠지?"

  국정원의 비밀? 국가의 충성? 비밀 요원으로서의 자긍심?

  그런 건 중요하지 않다. 중요한 건 가족의 목숨이다.

  "그러니까 그걸로 설득하는 거지, 당신이 움직여야 남편이자 아버지가 산다고."

  "이해가 안 가는데?"

  "보면 알아, 후후후."

  ⚖

  털썩. 조궁태 실장의 아내는 자신의 귀를 의심했다.

그리고 그 주변에 있는 다른 직원들은 당혹스럽다는 표정으로 그녀를 바라보았다.

회사로 찾아온 낯선 사람과 대화한 그녀가 갑자기 온몸을 바들바들 떨기 시작했으니까.

하지만 그녀는 주변의 사람들의 시선을 신경 쓸 틈이 없었다.

"무…… 뭐라고요? 우리 남편이 뭐요? 국정원 요원이라고요?"

"네, 그리고 말씀드린 것처럼 처분 대상이 되었습니다."

"아니에요. 뭔가 잘못 생각하신 거예요. 저희 남편은 그렇게 대단한 사람이 아니에요. 작은 회사에서 일하는 만년 부장인데요!"

"물론 그렇게 말씀하셨을 겁니다."

"아니에요. 진짜로 회사도 가 봤는데요?"

"네. 그리고 그 회사는 출장이 잦은 전형적인 무역 회사였을 테고요."

"그건 맞는데……."

"그런데 말입니다, 그 회사에 대해 아시는 게 있습니까?"

당연히 없다. 보통 남편의 회사에 관심을 가질 이유는 그다지 없으니까.

심지어 맞벌이하는 여자 입장에서는 더더욱 그렇다.

"여기 재무제표입니다."

"재무제표요?"

아무리 유령 기업이라고 해도 수입과 지출은 정부에 보고 해야 한다.

실제로 각 나라에서 운영하는 수많은 유령 기업들이 그 과정에서 발각되곤 한다.

물론 그걸 알기에 대부분의 기업들은 제대로 된 기업을 만들고 거기에 슬쩍 사람을 끼워 넣는 방식으로 움직인다.

그래야 문제없는, 제대로 된 기업으로 보이니까.

하지만 애석하게도 한국의 국정원은 그런 방식으로 기업을 운영하지 않는다.

일단 가장 큰 문제는 그걸 운영할 만한 능력을 가진 인재가 없다는 것.

죄다 첩보니 뭐니 하면서 교육하고 쓰기는 하지만 영업 등에 대한 것까지 교육하지는 않으니까.

그러면 믿을 만한 외부 인원을 끌어들여서 제대로 운영하면서 그 안에 실제 요원을 넣어 둬야 한다.

하지만 한국의 국정원은 외부 인원을 극단적으로 배척한다.

그러다 보니 유령 기업은 아무런 실적도 없거나 실적이라고 있는 것의 대부분이 극단적으로 마이너스다.

'그러니까 나인나인과 손잡아야 했겠지.'

그런 유령 기업들의 목적은 단순히 직원 이름을 올려서 보호를 제공하는 게 아니다. 돈을 벌어서 활동비를 충당하는 거지.

그런데 현실적으로 이익은커녕 끊임없이 적자만 보는 상

황이니 국정원은 어떻게 해서든 비밀 자금을 만들어야 했는데, 그런 국정원에 있어서 나인나인은 좋은 먹잇감이었을 것이다.

"보다시피 해당 회사는 단 한 번도 흑자를 낸 적이 없죠. 애초에 무역 기록 자체가 단 한 번도 없습니다. 그런데 남편분 월급이 얼마죠?"

"한 달에…… 600만 원 정도……."

"600만 원이라, 적지 않네요. 전혀 일하지 않는 회사치고는 말이지요."

그 말에 조궁태의 아내의 눈빛에 의혹이 돌았다.

하지만 사실이 아니기를 간절하게 바랐다.

"그럴 리가 없어요. 우리 남편이 국정원 요원이라니, 뭔가 잘못 아신 거예요."

"들어 보시겠습니까?"

노형진은 미리 준비한 녹음 파일을 틀어 줬다.

─이번 나인나인 사건에서는 손 떼는 게 좋을 겁니다.

─당신 누구야? 누군데 오밤중에 전화해서 헛소리야!

─경고해 드리는 겁니다. 높은 분들께서 상당히 불편해하고 계세요. 쥐도 새도 모르게 사라지고 싶지 않으면 지금이라도 사건에서 손 떼시기 바랍니다, 홍 검사.

─지금 뭐 하자는 짓거리야! 당신 신분부터 말해!

─나에 대해서는 말해 줄 수도 없고 말할 생각도 없습니다. 그냥 그

렇게 알아 두세요, 건드려서 좋을 게 하나도 없는 경우도 있다는 걸.

그리고 종료되는 녹음 파일.

그 파일을 들은 조궁태의 아내는 털썩 주저앉았다.

그럴 수밖에 없었다. 수십 년 동안 들어 온 남편의 목소리를 못 알아들을 리가 없으니까.

"이상하다는 생각을 단 한 번도 안 하셨습니까?"

잦은 외박과 해외 출장 그리고 중소기업치고는 이상하게 높은 연봉까지.

"어⋯⋯."

"그리고 이 녹음 파일을 들으셨으니 이제 아시겠지만⋯⋯."

노형진은 안타까운 어조로 말했다.

"남편분께서는 이번에 심각한 정치적 문제에 휘말리셨습니다. 그리고 그런 경우에는⋯⋯ 보통 처분당합니다. 마티즈 사건을 아실지 모르겠습니다만."

그 말에 주변에서 듣고 있던 몇몇 사람들의 눈동자가 흔들렸다.

전 국민이 아는, 국정원 요원의 정체 모를 자살 사건.

"현 상황에서 남편분을 구할 수 있는 건 아내분과 자녀분뿐입니다."

"우리⋯⋯뿐이라고요?"

"이거, 공론화되지 않으면 남편분은 처분될 겁니다."

"아아⋯⋯."

그 말을 끝으로 조궁태의 아내가 머리를 부여잡으며 쓰러졌다. 그녀가 받은 충격이 너무나도 컸기 때문이다.

"김 부장! 김부장!"

"야, 누가 구급차 좀 불러."

그런 그녀를 보고 다급하게 달려드는 직원들.

노형진은 그 모습을 쓰게 웃으며 바라볼 뿐이었다.

⚖️

"여보, 그게…… 사실이야? 당신, 진짜로 국정원 요원이었어?"

"아니, 그게…….."

곽도찬은 당혹감을 감출 수가 없었다.

최근에 사고를 쳐서 내근직 화이트 요원으로 바뀐 건 사실이다. 하지만 그걸 굳이 가족에게 말할 생각은 없었다.

물론 월급이 줄어든 것에 대해서는 어떻게 해서든 둘러대야 하지만 말이다.

그런데 아내와 딸은 이미 사실을 알고 있었다.

"아니지? 진짜로 그냥…… 직장인인 거지?"

"아빠, 진짜로 위험한 거 아니야? 진짜로 아빠가 국정원 요원인 건 아니지? 그렇지?"

정보 조직에 대한 사람들의 이미지는 좋지 않다. 안 좋은 정도가 아니라 두려움의 대상이다.

특히 한국의 국정원은 더 그렇다.

애초에 목적 자체가 권력자를 보필하고 국민들을 억압하기 위해 만들어진 조직이니까.

그렇다 보니 처분 이야기를 들은 가족들은 다급할 수밖에 없었다.

물론 국정원에서 진짜로 처분할지는 알 수 없다.

하지만 가족의 안위가 걸린 일이니 혹시나라는 말은 절대로 할 수가 없었다.

그랬기에 그들은 곽도찬을 계속 몰아붙일 수밖에 없었다.

"어…… 그게 말이지."

곽도찬은 뭐라 말도 못 하고 눈동자만 굴렸다.

부정하자니 이미 화이트 요원이 된 이상 알아내려고 하면 못 알아낼 수가 없다.

그렇다고 수긍해 버릴 수도 없다.

부정도 긍정도 하지 마라. 그게 국정원의 행동의 모토지만, 이런 경우는 사실상 인정하는 것이나 마찬가지였다.

"이럴…… 수가……."

곽도찬의 아내는 그대로 주저앉았다.

아니라고 생각했다. 자신을 찾아온 사람이 거짓말한 거라 생각했다. 그런데 진짜였다니.

"아, 아빠…… 그러면 그…… 녹음 파일에 있던 목소리도 아빠 맞아?"

"녹음 파일? 아…….."

그 말에도 곽도찬은 부정하지 못했다.

딸이 이미 들었다면 부정은 불가능한 거니까.

"그러면…… 진짜로 아빠도 처분되는 거야?"

"처분이라니? 무슨 소리야!"

그 말에 곽도찬은 기겁했다.

"그 사람이 그랬단 말이야! 아빠가 실수해서, 국정원에서 아빠를 처분하기로 결정되었다고!"

"아니야! 그건 아니야! 내가 왜!"

"하지만 그러면 지금까지 해 온 그 모든 거짓말은 뭐야! 어?"

"그거야……."

아무리 상황이 상황이라고 해도 가족들에게 거짓말한 사람은 곽도찬이다.

그런 상황에서 과연 가족들이 진실을 말해 준 노형진을 믿을까, 아니면 곽도찬을 믿을까?

가장 큰 문제는 곽도찬조차도 국정원을 믿지 못한다는 거다.

'큰일 났다.'

국정원이 문제가 된 요원을 처분하는 거야 하루 이틀 일도 아니다. 더군다나 이번에는 자신이 저지른 일이다.

'그러고 보니…… 국정원장이 나인나인과 공흥구에 대해 알게 되면 어떻게 되는 거지?'

현재 나인나인과 공흥구에 관련된 모든 계획은 중간에서 몰래 진행한 거다.

상식적으로 국정원장이 미치지 않고서야 북한에서 파는 마약을 한국에 뿌리는 걸 허락하지는 않을 테니까.

그런데 만일 그게 드러난다면?

'죽인다.'

죽일 수밖에 없다.

다른 곳도 아닌 국정원이 북한과 붙어먹은 사건이다. 이 정도라면 국정원을 완전히 해체하고 새로운 정보 조직을 만들어도 이상할 게 없다.

당연히 그 비밀을 감추기 위해서는…….

'이런 씨팔.'

과연 이걸 누가 알까? 그리고 어디까지 알까?

사실 대충 누군지 알 것 같다.

아내와 딸을 찾아왔다는 남자, 노형진.

그는 극비리에 이루어진 일에 대한 정보에 접근해서 자신을 특정했다.

그렇다면 실제로 자신이 모르는 사이에 처분이 결정되어 있을 수도 있고, 어쩌면 북한과 관련되어 있다는 걸 노형진도 알지도 모른다.

'살아야 한다. 살고 싶어. 난 살아야 해.'

그동안 수많은 요원들을 괴롭히고 죽인 그였지만 자신이 죽을지도 모르는 상황에서 드는 생각은 하나뿐이었다.

"사실은……."

결국 곽도찬은 모든 걸 사실대로 털어놓기 시작했다.

자신이 살기 위해서는 이슈를 타야 한다.

절대 자살하지 않는다는 유서나 이야기? 그런 이야기를 한 요원들이 뭐 한둘인가?

그런 소리를 한 정치적 정적들은 아마 트럭으로 꽉 채우고도 남을 거다.

하지만 그들은 모두 자살당했다.

자살당하기 싫다? 그렇다면 방법은 하나뿐이었다.

바로, 자신이 알려지는 것.

"나…… 국정원 요원 맞아."

그렇게 그는 충성을 다하던 조직을 배신했다.

다음 권으로 이어집니다

천하무적 운가장

운천룡 신무협 장편소설

무공은 신의 경지지만 세상은 처음!
사부를 위해 강호 무림 절대자들이 모였다!

자신이 얼마나 오래 살았는지조차 모르는
불사의 육체를 가진 운천룡

세상을 향해 나가려 할 때마다
거둬들인 세 명의 제자들
하나씩 하산시키고 나니 너무 보고 싶다!

단 한 번도 속세로 나가 본 적이 없던 천룡은
제자들을 만나기 위해 드디어 길을 나서는데……
제자들의 신분이 범상치 않다?

강호 삼황과 함께하는 무림 생활
어서 오세요, 운가장입니다!

사상 최강의 양손투수

RAS 스포츠 장편소설

천둥 같은 좌완 파이어볼러
지진 같은 우완 언더핸드
양어깨로 펼쳐 내는 불꽃 컬래버레이션!

30대 중반 데뷔, 3회 연속 사이 영상 수상
대기록의 소유자, 불굴의 천재
그러나 마음속 한구석에 꿈틀거리는 거대한 아쉬움

조금만 더 일찍 도전했더라면……

미련의 절정에서 19세로 회귀했다?
이제 양어깨에 양키스의 명운을 진 채
다시 한번 로열로드를 걸어간다!

믿어라, 그리하면 신이 강림할지니
스위치 피처 김신金信의 투수신投手神 등극기!

꿈의 도약, 로크에서 하십시오
(주)로크미디어에서 신인 작가를 모십니다

즐거운 세상, 로크미디어는 꿈을 사랑하고 도전을 두려워하지 않는 작가 분들의 참신한 작품을 기다리고 있습니다. 21세기 장르 문학계를 이끌어 갈 차세대 선두 주자 (주)로크미디어에서 여러분의 나래를 활짝 펴 보시길 바랍니다.

모집 분야 판타지와 무협을 포함한 장르 문학
모집 대상 아마추어 작가, 인터넷 작가
모집 기한 수시 모집
작품 접수 시 유의 사항
  1. 파일명은 작가명_작품명.hwp형식을 갖춰 주십시오.
  1. 파일에 들어갈 내용은 다음과 같습니다.
     − 성명(필명인 경우 실명을 밝혀 주세요), 연락처, 이메일 주소
     − 제목, 기획 의도
     − A4용지 1장 분량의 등장인물 소개
     − A4용지 2장 분량의 전체 줄거리
     − 본문
  1. 작품이 인터넷에 연재되고 있다면, 게시판명과 사이트의 구체적이고 정확한 주소를 기재해 주십시오.

선택된 작품은 정식 계약 후 출판물로 간행되어 전국 서점에 유통됩니다.
작가 분은 (주)로크미디어의 전폭적인 지원하에 전속 작가로 활동하시게 됩니다.
※ 자세한 내용은 로크미디어 홈페이지(rokmedia.com)를 참조하세요.

(04167)서울시 마포구 마포대로 45 일진빌딩 6층
(주)로크미디어 편집부 신간 기획 담당자 앞
전화 : 02) 3273-5135
www.rokmedia.com   이메일 : rokmedia@empas.com